WOJNA ABSOLUTNA

fabryka słów®
WYDAWNICTWO
MMXVI

BEWARE OF BLAST
OPEN
DANGER INTAKE
CONTROLS ACCES
DANGER

MIROSLAV ŽAMBOCH

WOJNA ABSOLUTNA

przełożył
Andrzej Kossakowski

fabryka słów®

Lublin – Warszawa

Rozdział 1
Narodziny

Maksymalna deceleracja, minus trzy i pół g, potem tylko dwa i siedemdziesiąt pięć setnych, część energii moduł obronny przeniósł do tarczy.

Z mojego punktu widzenia – zadowalające.

Włączyła się automatyczna pamięć krótkotrwała, przeznaczona dla naszych jednostek analizujących pozostałości zniszczonych urządzeń.

Na kursie kolizyjnym rosła w oczach masa GH-II – autonomicznego kontenera obronnego, po chwili nastąpiło uderzenie, w wyniku którego utraciłem sześćdziesiąt dwa i trzy dziesiąte procent wszystkich systemów. Pomimo ogromnego przeciążenia udało mi się zachować sprawność kilku manipulatorów operacyjnych i zestawu instrumentów.

Zawyła moja tarcza tnąca wysokiej częstotliwości, a równocześnie w pancerz tylny uderzyła pierwsza seria pocisków wystrzelonych przez system obronny GH-II. Całe szczęście, że osłona tych kontenerów jest słaba. Metal ściany poddawał się, ale mój pancerz silnie wibrował pod ulewą pocisków, usłyszałem również piknięcie lasera naprowadzającego.

GH-II, ten śmierdziel, namierzył mnie tak precyzyjnie, że mógł do mnie strzelać, mimo iż znajdowałem się na jego powierzchni!

Termin „ten śmierdziel" nie należał do oficjalnego protokołu komunikacyjnego, lecz jego użycie usprawiedliwiały sytuacja awaryjna i przekroczenie wszystkich limitów bezpieczeństwa.

Wreszcie wyciąłem porządną szczelinę, przeciążyłem manipulator do stu siedemdziesięciu procent nominału i dostałem się do wewnątrz. Był już po temu najwyższy czas, bo nagłe uderzenie z zewnątrz utworzyło w ścianie kontenera wklęśnięcie o średnicy dziewięciu metrów i siedemdziesięciu centymetrów. Rakieta jednak nie wybuchła, gdyż GH-II zdążył ocenić sytuację i wstrzymać eksplozję.

Wokół mnie w ciemności budziły się do życia urządzenia. W ciemności, ponieważ moje infra, ultra i standardowe czujniki optyczne wpadły do szamba. O noktowizorze mogłem zapomnieć, zbyt wiele zakłóceń w systemie.

„Wpadły do szamba", znów termin nieoficjalny. Powód ten sam, co poprzednio – sytuacja awaryjna.

Przy pomocy jednego manipulatora – drugi skutkiem przeciążenia nie funkcjonował z wymaganą precyzją – przesunąłem się ku filarowi nośnemu, który w tego typu konstrukcjach zawierał w sobie główne przewody. Uszkodzony manipulator zdołał jednak przeniknąć do wnętrza filara. Zestaw instrumentów obrócił się niechętnie, po uderzeniu rakiety on również utracił sporo ze swej żywotności, niemniej interfejs do odbioru danych mi podał.

No i znalazłem się tam.

GH-II mają dość dobry system obrony przed atakami informacyjnymi, ale ja podłączyłem się bezpośrednio do głównej linii. Było to jak przeprowadzenie lobotomii jednym cięciem skalpela. W tym przypadku laserem tnącym.

Przebudzone do życia maszyny bojowe zamarły, kiedy zmieniłem im rozkazy, likwidując stan samodzielności. I byłem bezpieczny.

Na chwilę.

Połączyłem się z centrum analitycznym GH-II i jakbym wreszcie złapał oddech. Mój zasób wiedzy znacznie się powiększył. Uzyskałem wiadomości, których jeszcze przed mikrosekundą nie znałem. Mogłem też zadać pytania, o których przed mikrosekundą nie myślałem.

Trzy sekundy, miałem jeszcze trzy sekundy, nie więcej.

Po dwóch tysiącach dziewięciuset dziewięćdziesięciu ośmiu mikrosekundach poprzez system komunikacyjny GH-II wysłałem ultrakrótki, zakodowany sygnał do naszych jednostek bojowych. Obronny kontener GH, nawet jeśli nie w pełni wyposażony, był cenną zdobyczą.

Pozostały czas wykorzystałem na wytworzenie symulacji standardowego robota bojowego DB-24, czyli zbudowanie kryjówki, w której się schowam.

Cała sfora pewnych siebie bojowych jednostek dotarła z minimalnym opóźnieniem. Zabezpieczyła i obsadziła przestrzeń w sposób zdradzający, że nie są to same automatyczne maszyny bojowe, ale że między nimi znajduje się dowódca – sztuczna inteligencja. Wcale mnie to nie zaskoczyło.

Zdolność absorpcyjna moich fotoreceptorów została ustawiona fabrycznie na poziomie nieco powyżej dziewięćdziesięciu siedmiu procent*, dlatego mogłem część wizualnych informacji przeglądać bez obawy, że to zauważą. Oni, to znaczy moi dowódcy.

Widziałem sam siebie w zakrzywionym odbiciu lustrzanego sufitu. Leżałem na stalowej płaszczyźnie o wymiarach sześć na siedem metrów, po ostatniej akcji mój początkowy kształt był silnie zdeformowany. Manipulatory siłowe mi odpadły, zostały tylko dwa przeznaczone do prac precyzyjnych.

– Strata czasu – powiedział robot kształtem przypominający modliszkę. Stał obok części, którą wcześniej nazywałem przodem. Teraz stosowniejszy wydawał mi się termin „głowowa” albo „czołowa”.

* W tym przypadku oznacza to, że 97 proc. fotoreceptorów, w jakie został wyposażony DB-24, było gorszej jakości niż moje własne fotoreceptory (Wszystkie przypisy pochodzą od autora).

Drugi robot, tego samego kształtu, stał obok mojego tyłu, w tym przypadku terminu antropologicznego raczej nie użyłem. Bez wahania wysłał silny skan.

– To wyrób seryjny, przystosowany do maksymalnie niebezpiecznych sytuacji. Większość parametrów powinien mieć poniżej średniej. Jednak kilka wyjątków ma i wykazuje ponadnormatywną skuteczność bojową. Powinniśmy sprawdzić, o co chodzi. – Robot komentował wykonywane czynności. Oba komunikowały się przez radio, na szczęście tak silnym sygnałem, że mogłem go odbierać, choć tylko poprzez łącza rezonansowe.

Zaszumiał palnik plazmowy i płomień o temperaturze nieco przewyższającej temperaturę słonecznej fotosfery wciął się w mój kadłub.

– Przegrzewa się – oznajmił robot numer dwa. – To stary typ, ma nadprzewodnictwo trzeciej klasy.

Jedynka niechętnie, jak mi się wydawało, zgasił palnik. Dawniej terminu „niechętnie" nie używałem. Nie należał do protokołu komunikacyjnego. Teraz wydał mi się najtrafniejszy. Szczególny.

– Nie pozostaje nic innego jak użycie tarczy tnącej albo chłodzenia – stwierdził.

Znajdowałem się w pomieszczeniu przeznaczonym do badania próbek o podwyższonym ryzyku, a więc z chłodzeniem może być problem, o ile nie było ono już zainstalowane z innych powodów.

Na potwierdzenie moich myśli zawyła tarcza tnąca, sądząc po dźwięku, minimum trzydzieści tysięcy obrotów na sekundę.

– To też strata czasu – ocenił Jedynka, kiedy pierwsze iskry z mojego pancerza uderzyły w ścianę. Przecięcie takiej osłony tak prymitywnym narzędziem dość długo potrwa, to było jasne.

– Ma więcej skutecznych bojowych osiągnięć niż dwadzieścia dwa procent maszyn tego typu – stwierdził Dwójka.

– To nic nie znaczy – odrzekł Jedynka i nacisnął mocniej wirującą tarczę.

Wynik mógł być tylko jeden. Jeśli dalej będzie działał w ten sposób, podpali wszystkie niemetalowe i niekrzemowe części znajdujące się w pobliżu cięcia. I pożar szybko się rozszerzy.

– On ma również więcej skutecznych bojowych osiągnięć niż ty lub ja.

Nacisk tarczy ustąpił, temperatura przestała rosnąć.

– Zgoda, powinniśmy wykonać kompleksową diagnostykę – powiedział Jedynka i wyłączył urządzenie.

Jeśli pomiędzy robotami nastąpiła jeszcze jakaś dalsza wymiana zdań, nie zapisywałem jej. Nigdy przedtem nie byłem świadomy tak różnych poglądów między swymi dowódcami. Wiedziałem, dlaczego rozumiem je teraz i analizuję. Stałem się niezawisłą SI, sztuczną inteligencją, taką samą jak oni.

Sekcja zwłok, a właściwie wiwisekcja, gdyż nadal pozostawałem przy życiu – skończyła się i zastąpiło ją badanie za pomocą czujników i skanowania. Nawet przy moich ograniczonych możliwościach mogłem zrozumieć niekodowane wymiany opinii pomiędzy robotami. Drobiazgowo analizowały one moją bojową przeszłość.

– Wszystko wskazuje na zarodki indywidualności – stwierdził Jedynka. – Nietypowe uzbrojenie, specyficzne urządzenia w ramach poprawnej obsługi.

– Tak, przecież szedł prosto do celu, nawet za cenę obniżenia stopnia obrony pasywnej – zgodził się Dwójka.

– Powinien zostać rozebrany i przekazany na złom. Moi szefowie nie lubili, kiedy automatyczne systemy spontanicznie się rozwijały. Próg Turinga nie mógł być nigdy przekroczony.

– Wielu takich, którzy znajdują się w szarej strefie, wykazuje cechy indywidualne – oznajmił Dwójka, nadal grzebiąc sondami w pobliżu mojej zapasowej jednostki logicznej.

Co dokładnie robił, nie miałem pojęcia. Mogłem postarać się coś zobaczyć w zdeformowanym odbiciu na błyszczącym chromem korpusie Dwójki, ale nie odważyłem się spojrzeć.

– Jądro Bosego-Einsteina* jest przeznaczone tylko do obliczeń nawigacyjnych. Moduł podejmowania decyzji składa się ze starych czipów logicznych, potrze-

* Kondensat Bosego-Einsteina jest materią utworzoną przez bozony o temperaturze zbliżonej do zera absolutnego w stanie minimalnej energii kwantowej, wykazującej wyraźnie widoczne właściwości kwantowe. Znajduje zastosowanie w obliczeniach kwantowych, a u sztucznych inteligencji wyższego rzędu często tworzy jądro ich osobowości. Stosowana technologia i know-how są jednymi z najpilniej strzeżonych tajemnic.

bowałby o wiele większej zdolności decyzyjnej niż ta, którą dysponuje, żeby uświadomić sobie swoją osobowość i stać się samodzielną inteligencją.

A właśnie do tego doszło, kiedy podłączyłem się do systemu GH-II. Był prymitywny, zamknięty, ale miał duży potencjał. Sprawy zaczęły nabierać sensu.

– To stary rupieć – zgodził się Jedynka.

Dzięki histerezie Courigta pozostałem przy swoim własnym Ja mimo rozszerzenia moich zdolności. Przekroczyłem próg Turinga i byłem samym sobą. A umierać nie chciałem.

– Licząc z przerwami, jest w akcji już bardzo długo – stwierdził Dwójka, wciąż przeglądający moje możliwości bojowe.

Poczułem, jak aktywowało się źródło rezerwowe, aby mój moduł decyzyjny zdołał spełnić żądania odnośnie do przepływu danych. Musieli mi zrobić nielichy przewiew w pamięci.

– Powinniśmy go zezłomować. – Jedynka twardo trzymał się swego zdania.

Zaczynałem rozumieć, co się we mnie zmieniło. Moduł nawigacyjny przetworzył się w taki sposób, że zyskał o wiele intensywniejszą komunikację z modułem decyzyjnym. W tym – chyba – spoczywało moje Ja, moje jądro.

– Zaczynam test standardowy – zignorował go Dwójka, zadając jednocześnie pierwszy pakiet pytań.

Ze swego ukrycia w najniższym poziomie jądra obserwowałem, jak logiczna jednostka decyzyjna o warunkowej zdolności biedzi się z zalewem pytań.

Jako istota uświadamiałem sobie, że dawniej dysponowałem tylko częściową świadomością, służącą do optymalizacji decyzji podczas akcji bojowych, w których nie mając łączności z dowództwem, musiałem polegać na samym sobie. I ta część mojej świadomości starała się za wszelką cenę znaleźć właściwą odpowiedź na pytania, które zostały zadane. Nie zdawała sobie sprawy, że wiele z nich jest pułapkami, które mają za zadanie stwierdzić, na ile jest niezawisła, na ile świadoma oraz ile jej brakuje do osiągnięcia stanu samodzielnej inteligencji. Nie mogłem w tym pomóc, nie mogłem się wtrącać, ponieważ pomiędzy tymi pytaniami były oczywiście kolejne pułapki, służące do odkrycia istot takich jak ja. Zdemaskować tych pułapek nie mogłem, bo test stworzyły osobowości o wiele sprytniejsze ode mnie.

Postarałem się jedynie zakłócać komunikację pomiędzy modułem decyzyjnym a nawigacyjnym. Za każdym razem, gdy ograniczałem im moc, zaczynałem się gubić, jakbym wpadał w komę, obrazowo mówiąc, jakbym ograniczał dopływ krwi do mózgu.

Test wreszcie się skończył. Wiedziałem, że od jego wyniku zależy wszystko. Oczywiście dla mnie.

– Brakuje mu już tylko trochę, znajduje się w szarej strefie – powiedział Dwójka.

Szara strefa. Pamiętałem o tym terminie, ale do tej pory nie poświęcałem mu uwagi, ponieważ był dla mnie nieinteresujący, bez znaczenia.

Modliszki nagle zamarły i trwały w bezruchu przez pięć i sześćdziesiąt siedem setnych sekundy. Coś zajęło całą ich uwagę, zapewne komunikował się z nimi ktoś wyższy w hierarchii.

Pozostawiły mnie na stole i odeszły, po jakimś czasie laboratorium samo przygasiło oświetlenie i wyłączyło systemy diagnostyczne.

Czekałem – mogła to być przecież kontynuacja testu. Ostrożnie przemyślałem wszystko, co działo się w laboratorium, i wyszło mi, że z prawdopodobieństwem rzędu dziewięćdziesięciu trzech procent to nie jest próba. Na razie nie śpieszyłem się z jakąkolwiek akcją. Oni byli o wiele sprytniejsi.

Sprawdziłem wszystkie dostępne złącza, najpierw jako robot bojowy – weteran DB-24, a potem jako Ja. Bez żadnych problemów dostałem się do sieci informacyjnej trzeciej klasy, zawierającej systemy administracyjne i zarządzania, stan wszystkich urządzeń w kontenerze i stan wszystkich maszyn bojowych, również tych w fazie uśpienia. W tej sieci nie było żadnych prawideł, nawet podstawowego protokołu komunikacyjnego, który by się nieustannie modyfikował, kiedy zmieniali się użytkownicy. Przedtem włączyłem się do sieci mimochodem, bo dziwne byłoby pominąć jakieś źródło informacji. Teraz skupiłem się na niej, będąc poza kontrolą, równocześnie jednak nasłuchiwałem innych miejsc.

Naliczyłem łącznie pięćset sześćdziesiąt siedem maszyn bojowych najróżniejszych typów. Była to zaledwie jedna piąta sił używanych w poprzednich operacjach.

Interesujące.

Nadal zbierałem dane sposobem pasywnym. Po przekroczeniu progu Turinga uświadamiałem sobie mnóstwo spraw, których przedtem nie rozumiałem i nie zajmowałem się nimi. Nie miałem powodu.

Tworzyliśmy niezłe zoo, w większości sami weterani niezliczonych bitew, hybrydy techniczne sklecone z części znalezionych w magazynie. Przedstawialiśmy dziwaczną mieszankę istot o różnym stopniu rozwoju i świadomości. Niektórzy byli po prostu głupi, inni okaleczeni, a jeszcze inni nadzwyczaj sprytni, ale tak nietypowi i pokręceni, że musiałem się odwracać od ich odmienności. Sztuczne inteligencje o zaszczepionym posłuszeństwie w ich hardcore'owych mózgach. No i oczywiście byli pomiędzy nami łowcy takich jak ja.

Jednak inteligencjom szybko zaczynało się nudzić, podobnie jak mnie w obecnej sytuacji. Chociaż było to ryzykowne, wysłałem do systemu laboratorium kilka psów węszących. Znalazły pewną liczbę pułapek, bardzo starych, pochodzących jeszcze z czasów budowy laboratorium. Według odkrytych danych było to pomieszczenie badawcze, demontażowe, ale też gabinet tortur, jak wykazały głębiej ukryte zapisy. A więc nas, sztuczne inteligencje, również można torturować. To ciekawe.

W samym systemie laboratorium wykryłem kilka komputerów o ogromnej mocy, przeznaczonych do łamania kodów, a prawdopodobnie również do przesłuchań i prania mózgów sztucznych inteligencji. Przejrzałem je bardzo ostrożnie i stwierdziłem, że były to wprawdzie ekstremalnie wydajne, lecz równocześnie całkiem nieskomplikowane urządzenia.

Ożywiłem je i podłączyłem się do nich. Z początku miałem takie uczucie jak człowiek, który otrzymał silniejsze mięśnie i teraz z trudem się nimi posługuje. Jednak później, kiedy je sobie podporządkowałem, do ich prawie nieograniczonych pojemności 4-D wcieliłem struktury rozszerzające moje własne Ja i dzięki temu zyskałem władzę nad innymi urządzeniami znajdującymi się w pobliżu. Nagle miałem w polu widzenia najróżniejsze części spektrum elektromagnetycznego i dane z kolejnych czujników monitorujących okolicę. Najważniejsze jednak było to, że myślało mi się teraz o wiele szybciej, jaśniej i bardziej przenikliwie.

Znów podłączyłem się do sieci, żeby poszukać istot podobnych do mnie. Udawałem sam przed sobą, że moja ciekawość spowodowana jest tylko częściowym uświadomieniem DB-24, którego główną umiejętnością pozostają agresywne prowadzenie walki i maksymalizacja siły ognia.

Najbardziej obiecujący wydał mi się ciężki myśliwiec UW-12. Trzystutonowa maszyna o niezwykłej konstrukcji, poruszająca się na poduszce powietrznej lub też pod ziemią. Nie pamiętałem, w której fazie walk korporacyjnych te maszyny brały udział. UW-12 był ostrożny, inteligentny i należał do najstarszych robotów bojowych w historii. Odkryłem również dwóch strażników, jednego automatycznego, a drugiego inteligentnego, który w sieci korzystał też z funkcji poszukiwawczych za pomocą algorytmów pochodzących od trzech podstawowych wzorców. Ale wyraźnie był zajęty gdzie indziej.

Cały czas razem z szeptami innych dochodziły do mnie liczne fragmenty informacji, z których stopniowo tworzyłem coraz dokładniejszy obraz sytuacji. Wchodziłem w skład towarzystwa UINC zarejestrowanego na Ziemi, posiadającego licencję na prace górnicze i budowanie baz w przestrzeni kosmicznej wewnątrz Układu Słonecznego. Z początku zarządzali nim ludzie, później jednak, w wyniku narastającego chaosu spowodowanego wojnami korporacyjnymi, konieczne stało się włączenie do hierarchii zarządzającej sztucznych inteligencji. W trakcie walk doszło do nieszczęśliwego wypadku. Skutkiem nieprzemyślanego ataku ludzie ulegli anihilacji. Nie była to jednak akcja nieprzyjaciela, bo w tym, co mówił pewien na wpół oszalały nosiciel ładunków nuklearnych wielkiej mocy, znalazłem krótką sekwencję, z której wynikało, że to on odpalił ten ładunek, a nie wróg.

Zachłannie zbierałem jakiekolwiek dostępne dane z sieci, kiedy w jednym z korytarzy przecinających bazę zarejestrowałem ruch i znajome sylwetki – moje modliszki. Jedynka i Dwójka wracały skądś, gdzie nie mogłem sięgnąć nawet swymi przedłużonymi zmysłami. Szły z miejsca znajdującego się poza aktualnie dostępną częścią sieci. Ponieważ były zdolne do komunikowania się na odległość, powodem ich wyjścia musiała być tajemnica korespondencji. A teraz wracały. Czekała mnie kolejna runda udawania, że jestem tylko starym robotem bojowym.

– Nie masz szans, zdemontują cię – dostałem nieoczekiwaną wiadomość z sieci.

Dzięki swym poprzednim poszukiwaniom zdołałem stwierdzić, od kogo ta wiadomość pochodziła – nadawcą był właśnie UW-12.

Dokładne zaadresowanie komunikatu w sieci, która permanentnie się zmienia, jest uciążliwe, a równocześnie ryzykowne, ponieważ zostawia ślady.

– Dlaczego mnie ostrzegasz? – posłałem pytanie bez adresu, jednak myśliwiec zrozumiał, że to do niego.

– Roboty muszą sobie pomagać.

Nie brzmiało to tak, jakby w tym stwierdzeniu skrywało się coś więcej, ale postanowiłem później to sprawdzić. Teraz nie miałem na to czasu. Skupiłem uwagę na modliszkach.

Miałem do dyspozycji czas od dwudziestu trzech do dwudziestu pięciu sekund. Jeśli coś mogło mnie ochronić, to tylko taktyka starego DB-24.

Drzwi się otworzyły, luminofory rozświetliły, zgodnie z procedurą obsługową laboratorium, jeden natychmiast pękł, dokładnie tak, jak sobie zaplanowałem, zasypując pomieszczenie elektromagnetycznym chaosem i szczątkami. Zawyła tarcza tnąca wysokiej częstotliwości, palnik plazmowy rozpalił się do białości. Udało mi się otworzyć pierwszej modliszce korpus i obciąć lewy przedni pazur, kiedy zareagowała z szybkością charakterystyczną dla technologii związanych kryształów metalu i uderzeniem drugiej kończyny posłała mnie pod ścianę. Zdążyłem jeszcze zaatakować tarczą wirującą, która rozcięłaby jej głowę – gdyby nie zbiła tarczy w locie.

Drugie uderzenie, nie wiedziałem czym, na pół sekundy wytrąciło mnie z działania.

– Zatrzymaj – dotarł do mnie rozkaz Dwójki.

Nie został oczywiście skierowany do mnie, ja bowiem nie byłem zdolny do zatrzymania czegokolwiek.

Charakterystyczny wzór cieplny uruchamiający eksplozję materiału wybuchowego zniknął. Eksplozja rozwaliłaby mnie na kawałki, może uszkodziła również ścianę za mną i na tym by się skończyło.

Następująca potem komunikacja pomiędzy robotami uświadomiła mi, jak było blisko.

– Demontowaliśmy go, odłączyliśmy jego peryferia i zostawiliśmy włączony logiczny moduł decyzyjny. Zareagował dokładnie tak, jak bojowy robot DB-24. Bronił się.

– Zaatakował – zabrzmiała sugestia.

– Potwierdzam, zaatakował z całym potencjałem, jaki jeszcze miał do dyspozycji, ale z niewielką szansą na przeżycie.

– Jedna dziesiąta promila.

Sam dawałem sobie cały procent, chyba ich nie doceniłem.

– Tak, to jego podstawowe oprogramowanie.

Co do tego żaden komentarz nie przyszedł mi już na myśl.

Potem rzucili mnie na stół, a że zostało mi mało energii i co za tym idzie – inteligencji, nie potrafiłem zrozumieć, co mówią, tylko wszystko zapisywałem w pamięci.

//

Pozostawili mnie przy życiu. Może dlatego, że szykowali się do wielkiej bitwy. Z zapisu wynikało, że nieprzyjaciel jeszcze niedawno był sprzymierzeńcem, ale dla zrozumienia aktualnej polityki wojennej nie miałem wystarczających informacji i inteligencji. Obserwowałem, jak automat spawający naprawia mój pancerz, inny robot naprawczy instalował nowe manipulatory w miejsce uszkodzonych lub zniszczonych. Skutkiem przedłużającego się czasu spawania rosła moja temperatura wewnętrzna, mimo że chłodzenie pracowało z maksymalną efektywnością. Wraz z rosnącą temperaturą spadła wydajność jądra Bosego-Einsteina, a zatem moja inteligencja, aż znów znalazłem się na granicy świadomości. Po kolejnych wzrostach temperatury o jedną dziesięciotysięczną stopnia więcej skokowo zapadłem pod limit Turinga i...

Naprawy przebiegły zgodnie z harmonogramem, gotowość bojową osiągnę po mniej więcej dziesięciu godzinach i dwudziestu minutach, wliczając w to konieczne przerwy technologiczne.

//

Stałem zaparkowany w magazynie na stojaku, przeglądałem rozkazy zbrojeniowe i spekulowałem, co i jak mogę z innymi robotami/maszynami/automatami wymienić, tak żeby nie sprzeniewierzyć się wymaganiom taktycznym.

I nagle wróciłem, znów stałem się Ja. Nie był to powolny proces, lecz nagłe wynurzenie się z czarnej głębiny, błyskawiczny powrót z braku świadomości.

Jak najszybciej zabrałem się do kontynuowania tego, co robiłem dotychczas, równocześnie przegrałem zapis swego zachowania z kilku ostatnich godzin, żeby uzyskać wzorzec, którego będę się trzymał.

Interesowałem się uzbrojeniem i tym, jak na placu boju stać się najefektywniejszym. Czemu nie, tymi tematami mogłem się z powodzeniem zajmować. W poprzednich moich misjach zyskałem kilka ciekawych zabawek, zmagazynowanych jako specyficzne części zamienne. Ze wszystkiego, co można było dostać na czarnym rynku, najbardziej mnie nęciły dwa ładunki termonuklearne, które dzięki sprytnej technologii zawierały w sobie po dziesięć samonaprowadzających się bomb, każda o dwóch megatonach mocy. Dwadzieścia megaton, a właściwie dwa razy po dwadzieścia megaton, to zdumiewające! Czyż nie? Gdybym jednak wystarał się o taką zabaweczkę, a przy tym spełnił taktyczne wymagania dowództwa, ważyłbym o trzy czwarte tony więcej, niż powinienem zgodnie z technicznym atestem. Kiepska sprawa.

Zacząłem poszukiwać jakichś kruczków, żeby przypisany mi limit obejść, nie naruszając zadań bojowych. Rozmyślałem równocześnie, w jaki sposób nasze dowództwo toleruje pewną autonomię i zmienność swych walczących podwładnych. Jedynym wyjaśnieniem, jakie przyszło mi na myśl jako prawdopodobne, było zwiększenie efektywności działania bez dodatkowych inwestycji. Niewielka dozwolona ewolucja maszyny, która najprawdopodobniej w kolejnych walkach zostanie zniszczona. A jeśli nie, potrzebna będzie selekcja tych, które staną się zbyt sprytne. Może jeszcze później o tym pomyślę.

– O-845-56 posiada specjalny wariant turbiny.

Tak jak pozostali, monitorowałem sieć, ale używałem do tego instrumentów, które opracowałem podczas pobytu w laboratorium dzięki jego superkomputerom. Dlatego udało mi się odkryć, że informacja pochodzi od przestarzałego UW-12. Musiał w jakiś sposób obserwować moje losy, stwierdził, że powróciłem, a nawet wiedział, czym się interesowałem! Prawie się przestraszyłem, że jestem tak przejrzysty. Ale obaj zmyliliśmy strażnicze ogary. Widać nie byłem jednak aż tak czytelny. Zanim zdecydowałem się, co dalej, skupiłem uwagę na symbolu, jakim oznaczono robota bojowego.

O-845-56 okazał się jednym z tych osobliwych robotów, które zadania bojowe wypełniały jakby mimochodem, zajmując się przy tym swoimi niejasnymi interesami. Pewnego razu z jakiegoś powodu posłał do sieci trajektorię, którą uważał za optymalną dla nadchodzącej akcji bojowej. I rzeczywiście, cały atak przebiegł zgodnie z modelem matematycznym, jaki zaprezentował. Przeżył, a razem z nim i ci, którzy go naśladowali. Potem dowództwo analizowało i badało ten przypadek, jednak bez rezultatów, ponieważ robot powrócił do hangaru. Domyśliłem się, że jego pomysł na realizację ataku okazał się zbyt nietypowy, nie do końca zrozumiały i dowództwo nie zdecydowało się na ryzyko jego stosowania w większym zakresie. Ale mogłem się mylić. O-845-56 od tej pory nie komunikował się z nikim, poza oczywiście przepisowym protokołem.

Skontaktowałem się z nim i otrzymałem techniczne parametry turbiny spalinowej, której mógłby mi użyczyć. Czego by chciał w zamian – nie powiedział. Posłałem mu więc spis tego, czym dysponowałem. Domyślałem się, że jeśli coś go zainteresuje, będą to specjalne jednostki logiczne, które uzyskałem z pewnego bardzo nieprzyjemnego szybowca podczas desantu.

O-845-56 wybrał jednak stare gry na płytkach, których nie wyrzuciłem tylko dlatego, że bardzo trudno było je pozyskać, a ja i tak nie wiedziałem, jak działają. W zamian za nie był skłonny odstąpić mi turbinę wykonaną w technologii umożliwiającej powiększenie różnic temperatury o tysiąc dwieście stopni wyżej i w ten sposób, dzięki obiegowi Braytona-Joule'a, poważnie zwiększyć wydajność, jak również wyeliminować moją powiększoną masę. Jednak taka modyfikacja znajdowała się już na granicy tolerancji, mogli to wymacać kontrolerzy.

Żadnych pozytywnych komentarzy odnośnie do pracy kontrolerów ostatnio nie słyszałem, postanowiłem zatem dokonać wymiany. Ale przekroczyć standardową masę o trzy czwarte tony? Znów się zawahałem.

Kamikadze.

Nic mi to słowo nie mówiło, mogłem jednak sprawdzić w bazach danych.

Po dziesięciu minutach analizowania sprawy przystąpiłem do handlu zamiennego, znakomita turbina w zamian za stare płyty, przekroczoną masą się nie przejmowałem.

Kamikadze...

Rozległ się meldunek o zamknięciu kontenera, potem kolejny, że ładunek – my wszyscy – jest zabezpieczony i należycie przytwierdzony. Odczułem niewielkie zwiększenie grawitacji, elektromagnetyczna wyrzutnia wystrzeliła nas na orbitę, zakonotowałem odgłosy licznych komputerów komunikacyjnych, ustawiających nas na właściwym miejscu w konwoju, a później w statku transportowym.

Zaczęły się mnożyć błędne meldunki, kiedy wokół nas powstała kieszeń grawitacyjna deformująca przestrzeń i czas i oddzielająca nas od wszechświata Einsteina oraz jego twierdzeń. Kilka razy już to przeżyłem, teraz jednak po raz pierwszy niezrozumiałe raporty z czujników budziły we mnie grozę. Nie odważyłem się ich wyłączyć, ponieważ przed powrotem do klasycznej przestrzeni mogłem otrzymać ostrzeżenia. Nie chciałem też w żaden sposób zwracać na siebie uwagi zmianą zachowania.

Martwego czasu, wymuszonego wymaganiami technicznymi, użyłem do przeglądu wszystkich, nawet najstarszych banków danych.

„Roboty muszą sobie pomagać" – to zdanie pochodziło z książek pisarzy science fiction tworzących na przełomie dwudziestego i dwudziestego pierwszego wieku. Współdziałanie ludzi i sztucznych inteligencji przedstawiano tam w o wiele bardziej różowym świetle, niż wyglądało to teraz w realu.

Kamikadze, „Boski Wiatr", był to tajfun, który siedem wieków temu rozniósł ogromną flotę inwazyjną średniowiecznych wojowników. Drugim znaczeniem podanym przez stare bazy danych był żołnierz samobójca. To mi dało dużo do myślenia.

//

Wróciliśmy do realu. Kontener jednorazowego użytku otworzył się z odgłosem, jaki wydaje przejrzały strąk, i po dokładnie wyznaczonych trajektoriach wyrzucił swój śmiercionośny ładunek. Prosto z orbity spadaliśmy ku kamienistej powierzchni planety typu zbliżonego do Ziemi. Skład atmosfery nie był jednak podobny, za to ciśnienie tak. Bez soczewkowo skupionego elektromagnetycznego pola, tarcz wycinających nam tunele w gęstej atmosferze spalilibyśmy się na popiół. Nie musieliśmy więc martwić się o energię cieplną i zamiast tego zaatakowaliśmy bombami kinetycznymi w podwieszanych nośnikach, które natychmiast odrzuciliśmy. Przy prędkości trzynastu kilometrów na sekundę energia ukryta w kompaktowych walcach ze stopu wolframu i uranu była porażająca. Na podstawie pierwszych, niedokładnych danych stwierdziłem, że atakujemy rozległe centrum przemysłowe ukryte pod powierzchnią.

Nasz atak spowodował ogromne szkody, później jednak musieliśmy wytracić energię kinetyczną i staliśmy się łatwymi celami dla ich obrony.

Dziesiątki moich przyjaciół zniknęły w ognistych kulach obronnej palby, zanim zaczęło mieć sens manewrowanie.

Teraz weszła do akcji druga fala. Ją też czekały ogromne straty.

Kamikadze, poświęcono nas.

Dlaczego nie, tak wygląda wojna, ale nie podobało mi się to, nie chciałem przestać być – umrzeć...

//

Silniki osiągnęły pełną moc – nawet nie pełną, ale sto siedem procent nominału, ominął mnie podstępny pocisk, laserem wzbudziłem jego zapalnik, zmieniając w ten sposób pół tony materiału wybuchowego w nic niebezpiecznego.

Walnęli do mnie jak z armaty do wróbla, do mojego unicestwienia wystarczyłaby jedna piąta tego ładunku. W przypadku celnego trafienia nawet mniej.

Z naddźwiękową prędkością wracałem do centrum walki zaledwie trzysta metrów nad ziemią, starając się po drodze niszczyć ich gniazda ogniowe. Prędkość nie pozwalała na dokładne celowanie, pozostawiałem to intuicyjnemu algorytmowi – z dobrym rezultatem. Nasza pierwsza fala poniosła straty sięgające siedemdziesięciu pięciu procent, druga czterdziestu sześciu, ale liczby te szybko pięły się w górę. Opór nie słabł, wprost odwrotnie: przybierał na sile. Wyglądało na to, że nasi zwiadowcy i strategowie popełnili błąd.

Albo nie? Kamikadze?

W pobliżu znalazły się trzy myśliwce, dwa złapały mnie w ogień krzyżowy, pancerz na szczęście wytrzymał, trzeci pognał za mną i wpadł w sieć z nanowłókien, która szybko ściągnęła go na ziemię.

Liczniki strat nadal pokazywały coraz większe wartości, zapasy amunicji natomiast błyskawicznie topniały.

Udało mi się zniszczyć bardzo skuteczny punkt ogniowy umieszczony na szczycie góry, mający pod ostrzałem przestrzeń pomiędzy dwoma grzebieniami górskimi, w ten sposób zrobiłem z siebie cel priorytetowy i nieprzyjaciel znacznie zwiększył zainteresowanie mną.

Wśród zalewu informacji otrzymałem pakiet sygnowany symbolem UW-12. Był to sygnał kierunkowy i nie nadszedł z góry, ale, co dziwne, od spodu. W pakiecie znajdowała się dokładna mapa podziemi znajdujących się pod nami. Wynikało z niej, że kompleks przemysłowy rozciąga się na setki kilometrów. I odpowiednia do tego była liczebność oraz siła obrony.

– Kiedy pojawią się kolejne fale ataku? – posłałem pytanie do dowództwa.

Z pierwszej fali pozostało nas piętnaście, z drugiej dwadzieścia siedem, z trzeciej, ostatniej, trzydzieści trzy procent, trzydzieści dwa, dwadzieścia dziewięć...

Niebo we wszystkich kierunkach pokrywały ogniste kule, obrona uzyskiwała przewagę. Już nie starali się nas dostać za wszelką cenę, ich algorytmy się zmieniły, zwracając uwagę na minimalizację strat i oszczędność amunicji.

Skorzystałem z tego i wykonałem ryzykowny manewr z użyciem najcięższego wielolufowego karabinu maszynowego, gatlinga – serią uszkodziłem naddźwiękowy statek bojowy, który uporczywie starał się mnie zestrzelić. Utrzymał się wprawdzie w powietrzu, ale wyglądało na to, że nie jest już zbyt sterowny.

– Atak rozpocznie się, kiedy jednostki rozpoznawcze wykonają swoje zadanie. Kontynuujcie – otrzymałem odpowiedź dowództwa i współrzędne miejsca, do którego powinienem się przesunąć. Określały obszar znajdujący się poza strefą naszej dotychczasowej aktywności, w którym siły przeciwnika pozostawały jak dotąd nietknięte. Złożono nas w ofierze, aby nasi dowódcy odkryli zasoby przeciwnika, zapewne inne sztuczne inteligencje wyższej klasy.

Detektory pasywne zapiszczały, zostałem namierzony przez trzy odrębne systemy.

O-hooo!

Dałem pełną moc, ogień wystrzelający z turbiny spiekał ziemię za moimi plecami.

– Musimy zmienić z nimi stosunki, jeśli chcemy przeżyć – UW-12 przysłał kolejną wiadomość.

– Jak się zmienia stosunki po tym, kiedy się nieprzyjacielowi zrównało z ziemią bliżej nieokreśloną liczbę obiektów przemysłowych i zniszczyło trzynaście maszyn bojowych? A może piętnaście?

Kolejne nadesłane informacje dotyczyły mapy.

Rozwinąłem ją przed sobą, pojawiły się na niej symbole określające plan dalszych działań. Według wskazań radaru atak już się rozpoczął. Nasze siły główne uderzyły ze wschodu lotem koszącym.

Obserwowałem wykaz strat, liczba pozostałych spośród złożonych w ofierze jednostek rozpoznawczych zbliżała się do zera, dowództwo krążące gdzieś na orbicie otrzymywało kolejne dane za cenę olbrzymich kosztów.

– Pośpiesz się, już ruszyli.

UW-12 chyba wszędzie miał czujniki. Albo potrafił deszyfrować łączność głównych sił. Widziałem, jak na mapie pojawia się obraz szybko zmieniających się pozycji naszej głównej grupy uderzeniowej.

Naszej? Nawet gdybym przeżył, i tak zostanę rozebrany z powodu niewykonania rozkazu.

A więc ich głównej grupy uderzeniowej.

Dane napływające wciąż od UW-12 nie miały końca, mapa stawała się coraz dokładniejsza, szczególnie jeśli chodziło o jej warstwę geologiczną. Naszymi poprzednimi przeciwnikami już się nie zajmowano.

//

Opuściłem teren walki, za mną poleciało kilka ostatnich strzałów. Skupiłem uwagę na mapie. Kompleks przemysłowy znajdował się na starej płycie litosferycznej, niedaleko od niej przez szeroką równinę pomiędzy górskimi pasmami, której się trzymałem, ciągnął się uskok geologiczny. Jeszcze dalej na wschodzie napotykał inną linię, w miejscu przecięcia, tylko kilkaset metrów pod ziemią, jaśniały plamy jezior magmy. Co więcej, skład skorupy planety zmieniał się tam szybko.

– W geologii jestem ekspertem – otrzymałem nową wiadomość, uzupełnioną obrazem postępujących jednostek naszych byłych dowódców.

Z szybkością dwustu kilometrów na godzinę zbliżała się naziemna i nadziemna armada. Bardzo wielka armada.

Zero, zero, zero. Liczebność jednostek rozpoznawczych osiągnęła zero. O mnie jakoś zapomnieli.

Z jaką prędkością i jak nisko nad nierównym terenem muszą lecieć nasi, żeby uniknąć zestrzelenia, a równocześnie w prawidłowych odstępach zrzucać dwumegatonowe bomby nuklearne? Sformułowałem proste zadanie.

– Znikaj – sygnalizowałem. – Masz maksymalnie sześćdziesiąt sekund.

Tchnąłem w swoje algorytmy i rutyny taktyczne nieco więcej agresji i ogarnęła mnie fala podniecenia. To mi się podobało, zawsze mi się podobało!

Wycisnąłem z silnika maksymalne obroty oraz temperaturę i przy szybkości jednego i trzech czwartych kilometra na sekundę zacząłem z wysokości niecałych czterdziestu metrów wysypywać swój śmiercionośny ładunek.

To było wspaniałe, zdumiewające!

Ostatnie ładunki spadły już pomiędzy atakujące jednostki, które widziałem na wizualizacji jako rozmazane plamy.

To też bardzo mi się podobało.

Krótko przedtem, zanim mnie doścignęła fala uderzeniowa, odwróciłem wektor ciągu na pozycję szybko w górę.

Moje ładunki nuklearne mogły spowodować tylko ograniczone straty, niszczyły bowiem roboty znajdujące się w samym centrum eksplozji lub w jego bezpośrednim pobliżu. Ważna była jednak inna sprawa.

Uskok geologiczny od miejsca swej niestabilności otwierał się jak jakiś gigantyczny suwak, z wnętrza planety wytrysnęła czerwona magma, chmury siarkowego dymu zasłoniły niebo. Nic więcej nie widziałem, nie było na to czasu.

Wyglądało to okropnie i stwierdziłem, że w czerwonych ostrzeżeniach alarmowych, będących właściwie wykazem usterek i systemów wyłączonych z eksploatacji, nie było niczego podniosłego, wspaniałego czy pozytywnego.

Najpierw udało mi się zmienić niesterowany spadek na lot ślizgowy, a potem, sto metrów nad ziemią, odzyskałem wreszcie kontrolę nad sytuacją. Na chwilę, bo paliwa miałem niewiele, a w stanie awaryjnym większość moich modułów wskazywała mocno ograniczoną żywotność.

– Do mnie, potrzebuję cię tutaj.

Znowu UW-12. Odezwał się z miejsca oddalonego od uskoku i terenu walk, widziałem, że do punktu oznaczonego jako jego lokalizacja zbliżają się maszyny bojowe. Nie wiedziałem, do której ze stron konfliktu właściwie należy, ale nie było to ważne. Nie miałem nic do stracenia, ruszyłem więc ku UW-12, a pasywnej optyki, która właśnie się włączyła, użyłem, aby popatrzeć za siebie, na teren niedawnego boju.

Dwa razy po dziesięć ładunków termonuklearnych spowodowało, że uskok geologiczny ożył, przestrzeń pomiędzy grzbietami górskimi zalewało szybko rozprzestrzeniające się morze lawy, zasilane ognistymi artezyjskimi gejzerami strzelającymi na setki metrów w górę.

W tym morzu tonęły główne siły uderzeniowe towarzystwa UINC.

Zatrzymałem się na nakazanej pozycji, UW-12 już czekał na powierzchni, jego plazmowa tarcza bojowa jeszcze się żarzyła, pozostałe promieniowanie szybko spadało. Wieże strzeleckie miał podniesione ku niebu w pozycji sygnalizującej pasywność, na antenie widniała biała flaga. Nie wiedziałem, skąd ją wziął i jak tam umieścił, żadnego manipulatora nie zauważyłem. Stanąłem na słupie ciągu i miękko opadłem na kamienistą powierzchnię. Nad nami rozpoznawałem chyba naszych nieprzyjaciół. Wnioskując z tego, ile celowników różnej broni we mnie mierzyło, to byli nieprzyjaciele. A sądząc po typach broni, byli to ludzie. A więc nie maszyny. Interesujące.

– To twoja rola, negocjuj – zachęcił mnie UW-12.

Okazał się większy niż na fotografii, którą widziałem w hangarze. Większy z powodu specjalistycznego bojowego wyposażenia. Widać było, że to bardzo stary weteran. I zrozumiałem, czemu sam nie chce negocjować.

Typ, jaki reprezentował, został stworzony do likwidowania podziemnych twierdz ludzkich.

– Pomogliśmy wam – powiedziałem na wszystkich kanałach i wszystkimi sposobami, jakie miałem do dyspozycji. – Zniszczyłem waszych nieprzyjaciół. – Posłałem im obrazy piekła za nami.

Odpowiedziała mi cisza, nie wiedziałem, czy analizują moją informację, czy tylko czekają.

– A on? – nadeszło wreszcie z ich strony.

– Zrewanżuj się teraz – posłał do mnie UW-12.

– On mi pomógł, bez niego nie dałbym rady – dostarczyłem im kolejną informację wraz z mapą.

– A czego od nas chcecie?

Zdołałem już odkryć, skąd ze mną rozmawiają, kto jest dowódcą lub chociaż negocjatorem.

– Serwis, zaopatrzenie – zacząłem.

– Obaj jesteśmy samodzielnymi inteligencjami i oferujemy wam swoją służbę – UW-12 włączył się do rozmowy, co trochę mnie zaskoczyło.

– A czy możemy wam wierzyć?

Tym razem przemówił ktoś inny. Hierarchia dowódcza nie była tu zbyt ściśle przestrzegana.

Mentalnie wzruszyłem ramionami.

– To wasza sprawa, ale jesteśmy dobrzy w tym, co robimy.

Jakby na potwierdzenie daleko za nami wybuchł młody wulkan, wylewając swój śmiercionośny ładunek.

– I robimy to chętnie – uzupełnił UW-12.

Zgodziłem się z tym.

Chyba miał talent do negocjowania.

– Sprawiacie wrażenie takich szaleńców, że spróbujemy z wami – zabrzmiała odpowiedź.

Przez cały czas trzymałem broń w pogotowiu, teraz ją zabezpieczyłem.

Wyglądało na to, że czeka nas przyszłość. Może krótkotrwała, lecz na pewno interesująca.

Rozdział 2

Wróg wewnętrzny

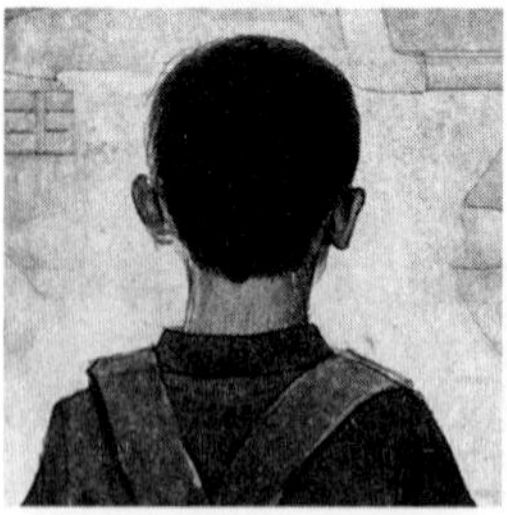

Przestałem zabawiać się nowymi gatlingami i powróciłem do problemu uściślenia symulacji turbulentnych zjawisk, do których dochodzi podczas lotu kinetycznego pocisku w gęstej atmosferze. Przeczuwałem, że za ciemną zasłoną fizyki nieeuklidesowej istnieje system, który – gdyby udało się go znaleźć – umożliwiłby moim pociskom, wykorzystując superkawitację, utrzymanie naddźwiękowej prędkości na poziomie wyższym, niż wynikałoby to z efektu hamowania przez gęstą atmosferę. Nieustannie natrafiałem na jakieś ograniczenia – nie bawiło mnie to. Wolałbym rozwiązanie optymalizujące skutek uderzenia ładunku w cel, a nie skomplikowany tensor, którego sens tylko z grubsza rozumiałem.

Karkołomnie okrężną drogą doszedłem do wniosku, że rozważanym sposobem uzyskam superkawitację najwyżej w jedenastu i pół procent przypadków. Nie był to zadowalający wynik, ale poczułem się dumny, że zdołałem to zrobić.

– Dobrze ci to wyszło – usłyszałem.

– No to oblicz to do końca – odciąłem się, rozzłoszczony, że UW-12 znowu znalazł kanał komunikacyjny, o którym nie wiedziałem.

– Nie przychodzę po to, żeby ci pomagać w prostych obliczeniach.

– Wielki, chytry strateg z jeszcze większym ego. – Umyślnie posłałem mu odpowiedź praktycznie niezrozumiałą. Jeżeli oczywiście nie zabierze się do bardzo drobiazgowej analizy.

– Mówiłeś coś?

– Tak. Dlaczego tu jesteś?

– Masz, a właściwie mamy gościa.

Przywołanie obrazów z kamer monitorujących okolicę zajęło mi jedno mgnienie oka. Dokładnie dwie milisekundy. Nie interesowałem się nimi zazwyczaj, ponieważ w większości przypadków pokazywały tylko puste stalowe korytarze i czasem jakiegoś szczura – sporo ich tutaj, w podziemiach zbrojowni, jakimś cudem utrzymywało się przy życiu.

Za grubymi na pół metra pancernymi drzwiami z warstwowego kompozytu wzmocnionego siecią włókien węglowych czekał człowiek. Jeśli to był człowiek. Nie zdołałem go zidentyfikować z nikim, kogo miałem w swej pamięci. Ewidencjonowałem wszystkich, których spotkałem osobiście, ale tego nie było wśród nich. To oznaczało tylko jedno – przyszedł ktoś z dowództwa, może sam wielki ludzki szef korporacji Z-O.

UW-12, dawno temu znany pod kodową nazwą Pentroff, w przypływie dobrego humoru, który wynurzył się z jego pokręconego wnętrza, nazwał ich Zagubieni Outsiderzy. Nie wiedziałem, dlaczego widzi to tak sceptycznie, przecież obaj połączyliśmy z nimi nasze losy. Zawarliśmy umowę o pracę, obejmującą klauzulę lojalności.

– Tak, to jest Chammurapi, szef – potwierdził UW-12.

Jeśli Pentroff należał do sztucznych inteligencji wyspecjalizowanych w walkach głęboko pod ziemią, w głębinach skorupy ziemskiej, to o politycznych kulisach działalności korporacji wiedział o wiele więcej ode mnie.

Przeskanowałem Alexeja Chammurapiego, jak tylko na to pozwoliły słabe czujniki w korytarzu i półmetrowy pancerz.

Był to człowiek tak pół na pół. Sześćdziesiąt siedem procent jego ciała stanowiło produkt wysoko rozwiniętej technologii, jego część biologiczna skupiała się w okolicy głowy. Ale czy jego mózg był czystym produktem rozwoju ewolucyjnego, o to bym się raczej nie zakładał.

– Czego on chce?

– Niczego, co by się nam podobało – parsknął Pentroff, w chwili gdy Alexej Chammurapi wszedł już do środka.

Dlaczego wybrał sobie takie dziwaczne nazwisko?

– Jak się macie? – zapytał zamiast powitania.

Poszperałem w pamięci. Nieczęsto w przeszłości ludzie mnie pozdrawiali i pytali, jak się mam. Przecież jestem tylko robotem bojowym.

Rozejrzałem się po okolicy swymi fasetowymi kamerami; z mnóstwa agregatów, szczególnie spawalniczych i metalurgicznych, wciąż jeszcze promieniowało ciepło.

– Dobrze, optymalizuję swoje możliwości – odpowiedziałem. – Dostępnymi środkami.

Mało brakowało, a powiedziałbym „gram sobie", ale na szczęście dysponuję jeszcze obwodami logicznymi, które nade mną czuwają.

– To dobrze. – Kiwnął głową i zastygł w bezruchu.

Wyglądem tak mało przypominał człowieka, że to wykluczało zewnętrzne oznaki ludzkiego zachowania.

Zgadywałem, że został kiedyś poważnie ranny i jego ciało było odbudowywane – a to oznaczało, że w istocie jest człowiekiem.

– To jest człowiek – zgodził się ze mną Pentroff.

Czekałem, ale Chammurapi nadal stał bez ruchu. Nie przeszkadzało mi to, jego rzecz. Znów zacząłem zajmować się optymalizacją głowic kawitacyjnych, tym razem inaczej, sposobem pewnego na wpół szalonego matematyka, który przed stu laty pokusił się o stworzenie nowych form matematycznych. W czasie pracy poczułem obecność czegoś potężnego, co opanowało wszystkie czujniki nawet w dalszej okolicy. Tylko do zbrojowni nie mogło się dostać, ponieważ kanały informacyjne ograniczyłem w stopniu, który umożliwiał mi odkrycie jakichkolwiek wirusów.

– Blisko – oznajmił Pentroff, wskazując mi wirtualnym wektorem małego, lecz nieprzyjemnego potwora, który dostał się do mojego systemu za pomocą elektrycznego zasilania pomieszczenia. Nie jestem geniuszem, ale wystarczy we mnie postukać. Przynajmniej w większości przypadków.

Podniosłem ciśnienie w bojowej hydraulice, głowice gatlinga włączyłem na wirowanie z prędkością wywołującą miły szum na częstotliwości rezonansowej. Broń była przygotowana do natychmiastowego otwarcia ognia. Na przykład w razie niestabilności mojego Ja.

To był zmienny gatling, owoc zaawansowanej technologii o kalibrze od trzydziestu do siedemdziesięciu pięciu milimetrów, teraz zbiegiem okoliczności nastawiony na maksimum. Krótka seria zniszczyłaby cały sektor i okolicę.

Napór na czujniki zbrojowni się zmniejszył, zasilanie przestało wykazywać jakiekolwiek podejrzane objawy.

Alexej Chammurapi tymczasem obudził się ze swego transu. Jeżeli zaniepokoił go widok broni w stanie gotowości bojowej, to nie dał tego po sobie poznać. Z zainteresowaniem obserwował wirującą głowicę.

– Twój przyjaciel? – zapytałem.

– Współprzywódca – odparł.

Aha, więc główna sztuczna inteligencja tej korporacji też spróbowała mnie infiltrować.

– Nazywa się Casidy – poinformował mnie Pentroff i dodał kilka innych szczegółów.

Skąd on uzyskiwał te informacje? I w jaki sposób mógł się ze mną komunikować, bez względu na bariery, które zbudowałem?

– Większość swojej egzystencji spędzam na dole, nieraz tak głęboko, że kamienie zaczynają być plastyczne, a ja mam problemy z chłodzeniem – przypomniał mi. – Jestem przyzwyczajony do tego, że nikt nie chce ze mną rozmawiać. Zatem muszę zdobywać informacje własnymi sposobami. Za pomocą mikrosondy wywierciłem kanał do zbrojowni, a później wypełniłem go materiałem amorficznym, który po pewnym czasie przekrystalizował w zupełnie niezły przewodnik – objaśnił.

– A jak możesz czytać moje myśli? – rzuciłem podejrzliwie, zwiększając jednocześnie obroty gatlinga, żeby pobudzić do życia kolejne systemy bojowe.

Bo jeśli to nie Pentroff, tylko miejscowa sztuczna inteligencja, to co wtedy?

– Nie czytam, ale dobrze cię znam. Skup uwagę na Chammurapim.

Rada była rozumna, charakterystyczna dla Pentroffa.

– Po co ta blokada informacyjna? Jesteśmy na waszym żołdzie – powiedziałem tak, żeby usłyszał mnie tylko Casidy.

Casidy? Casidy, do cholery? Dziwne nazwisko.

– Żeby nas nikt nie słyszał – odpowiedział Alexej. Nie tylko zachowywał się jak nieczłowiek, ale jeszcze potrafił odbierać sygnały mikrofalowe.

Podał mi małą skrzynkę, odwrócił się i odszedł bez słowa. Razem z nim zniknęło uczucie obecności czegoś wielkiego, okupującego strefę wokół zbrojowni, którą uważałem za moją przestrzeń prywatną. Nawet nie zauważyłem, kiedy się to zaczęło.

Skrzyneczka okazała się w rzeczywistości pojemnym nośnikiem danych zabezpieczonym przed skanowaniem. Spróbowałem ująć ją manipulatorem, ale nie bardzo mi to szło. Do tak delikatnych operacji potrzebna była technika inna niż ta, którą miałem do dyspozycji.

//

Patrolowałem w wyznaczonym kwadrancie, testując nowo zainstalowany hardware, z turbiną włącznie. Wyglądało to całkiem nieźle.

– Nieprzyjacielskie sondy zwiadowcze – nadszedł sygnał od statycznego systemu wykrywania w tej samej chwili, kiedy sam je zauważyłem.

Obniżyłem moc silnika reaktywnego do minimum, a równocześnie generator inercyjny przeciążyłem aż do czerwonego pola. Był dla mnie czymś nowym, musiałem wypróbować, ile wytrzyma. Dzięki niemu elegancko dotarłem lotem ślizgowym pomiędzy dwa wzgórza, wyrzucające lawę. Mogli mnie tu znaleźć, ale musieliby się bardzo postarać. A przede wszystkim potrzebowaliby bardzo dokładnej mapy okolicy.

Już ich widziałem: dziesiątki, setki tępych automatycznych minisond badających teren i wypatrujących bazy moich pracodawców. Właściwie naszej bazy, podpisałem przecież lojalkę, nie tylko umowę służby najemnej.

Sondy były wprawdzie tępe, ale dobrze wyposażone, a ich technika detekcyjna nieco wyższa niż ta, którą my dysponowaliśmy. Nasi nieprzyjaciele – ich nieprzyjaciele – nie, nasi nieprzyjaciele – trochę nas wyprzedzili.

Stłumiłem chęć rzucenia się na nich, używając swojej nowej siły ogniowej, której jeszcze nie zdołałem wypróbować w bitwie, i zamiast tego zacząłem analizować ich protokoły komunikacyjne.

– Pentroff? – wywołałem UW-12.

W skorupie planety pode mną było tyle metalu, że wytworzenie w niej kanału informacyjnego nie przedstawiało żadnego problemu.

– Zaniedbujesz wojnę informacyjną – zarzucił mi, ale natychmiast podesłał klucz, którego bez zwłoki użyłem, włamując się do ich systemu.

– Gdybyśmy zgodzili się na ofertę Chammurapiego, nie musielibyśmy tu być – kontynuował niezadowolony.

Podczas naszego spotkania Chammurapi i Casidy zaoferowali nam pracę w ich wewnętrznym kontrwywiadzie, lecz nie pociągała mnie ta perspektywa.

– Tutaj jestem tylko ja, ty nadal siedzisz gdzieś głęboko.

Zrzuciłem miniaturową kapsułkę informacyjną, która po upadku na powierzchnię zaczęła przekazywać nazbierane przeze mnie dane. Musieliśmy działać bardzo ostrożnie, bo gdyby nieprzyjaciele podsłuchali cokolwiek z tej transmisji, nasze starania o dywersję informacyjną poszłyby na marne. Kapsułka zawierała również moją zakładaną dalszą trajektorię, której się będę trzymał, jak długo będzie mi się to wydawało sensowne. Nadal miałem ochotę na jej zmianę.

– Złamałem ich kod – oznajmił Pentroff po krótkim milczeniu, odpowiadającym moim jedenastu ostrożnym kilometrom przesuwu.

– Dokąd pasterz ma zaprowadzić owieczki? – zapytałem.

Pentroff wskazał mi pole lawy na zachodnim stoku jednego z wielu okolicznych wulkanów.

Z początku nieznacznie, ale potem coraz szybciej tysiące powietrznych szpiegów zmieniło kierunek lotu, zbliżając się do wyznaczonego terenu. Byłem dumny z tego, jak łatwo zmodyfikowałem ich zachowanie.

Oczywiście z pomocą tego pewnego siebie niegodziwca.

A później nastało piekło – dziesiątki kilometrów kwadratowych niedawno zakrzepłej pokrywy lawowej zapłonęły na nowo. Gdybym nie znał Pentroffa, mógłbym myśleć, że to przypadek albo siły natury nam pomogły. Ale podziemni wojownicy mają swoje metody.

– Ładnie – oceniłem na głos.

– W górze – otrzymałem odpowiedź.

Ta intonacja...

Dzięki generatorowi inercyjnemu moja masa bezwładnościowa była na poziomie dwudziestu pięciu procent. Turbina osiągnęła pełne obroty, silnik strumieniowy ruszył natychmiast, zmieniłem kurs o dziewięćdziesiąt stopni z przyśpieszeniem trzydziestu g.

Ściana cząsteczek o wielkiej energii pozbawiła mnie połowy czujników znajdujących się na powierzchni pancerza.

Uderzenie z orbity!

Z niskiej orbity, jak stwierdziłem po analizie rozproszenia ataku szybkimi cząsteczkami.

Tymczasem z maksymalnym przyśpieszeniem leciałem w górę, ku nieprzyjacielowi. Na skraju atmosfery użyłem resztek tlenu znajdującego się w powietrzu do finalnego wzniesienia się, co posłało mnie wprost ku zamaskowanemu krążownikowi opancerzonemu.

Oczekiwałem co najwyżej aktywnego satelity, zdolnego do operacji w polu grawitacyjnym planety. A miałem przed sobą cztery stanowiska dział elektromagnetycznych i dwie wieże rakietowe. W zapasie zostało mi jeszcze nieco tlenu – zużyłem go, żeby dostać się bliżej, na odległość tysiąca, tysiąca pięciuset metrów. W skali kosmicznej to po prostu na dotyk. Ale ja nie byłem wyposażony do działań w kosmosie, nie miałem wodoru, tylko tlen, podstawowe paliwo do mojego napędu strumieniowego. Gatlingi na szczęście niczego takiego nie potrzebowały, a naboje utleniacz niosły ze sobą. Nastawiłem je na pełną moc i zacząłem strzelać, cały czas zbliżając się do celu dzięki bezwładności.

Sekundę potrwało, zanim zrozumieli, że znajduję się zaledwie tysiąc metrów od nich, a nie tysiąc kilometrów. Potem system detekcyjny zapłonął na czerwono – namierzyli mnie. I w tym momencie nieprzyjacielska wieża rakietowa eksplodowała. Znajdowałem się wtedy nie dalej jak sto metrów od nich. Z tej odległości, strzelając w próżni, potrafiłem kierować pociski stale w to samo miejsce z dokładnością jednego i dwóch dziesiątych milimetra. Pancerz krążownika nie wytrzymał, zauważyłem falę deformacji, rozchodzącą się po powierzchni i likwidującą integralność płaszcza zewnętrznego. Należało się spodziewać eksplozji reaktora, ale nadal strzelałem, do ostatniego naboju.

Potem wyłączyłem generator inercyjny i zacząłem spadać w studni grawitacyjnej. Bezbronny, bez możliwości manewrowania – przynajmniej do momentu, w którym koncentracja tlenu i wodoru w komorach znów przebudzi mój silnik do życia. Ale nikt mnie nie ścigał, towarzyszył mi jedynie deszcz szczątków ginącego krążownika.

– To nie było fair! – usłyszałem jeszcze okrzyk kierującej nim sztucznej inteligencji.

– A co jest fair?

//

Wylądowałem na pustkowiu w obłokach pyłu, z temperaturą systemów wewnętrznych daleko na czerwonym polu wskaźników, dwa gatlingi były niesprawne z powodu przekroczenia parametrów eksploatacyjnych.

Ale przeżyłem i zlikwidowałem wroga. Przypomniałem sobie trafienia moich pocisków, milimetr po milimetrze przebijających się przez pancerz tego wielkiego drania. Czułem się zadowolony, chociaż właściwie nie, potrzebny mi był większy kaliber, sprawniejszy system. Także jakiś sposób, żeby znów wznieść się w powietrze.

– Ten atak okazał się niezwykle celny – odezwał się Pentroff.

Sygnał był słaby i kierunkowy, domyślałem się, że wypuścił swoją antenkę na powierzchnię gdzieś w pobliżu.

– Nie spodziewałem się. To była mała armada zwiadowców – zaoponowałem, posyłając mu pakiet danych z opisem walki z mojego punktu widzenia.

– Wiedzieli, gdzie szukać, mieli za zadanie zlokalizować nasze siły.

Nasze siły, czyli korporacji Z-O, która w mojej ocenie miała szansę jeden do jednego, że przetrwa kolejne sześć miesięcy.

– No to zbyt wiele się nie dowiedzieli – zauważyłem.

Już dostrzegłem czubek antenki, przyszło mi do głowy, że mógłbym Pentroffa podrażnić i ją odstrzelić, ale zrezygnowałem. Zamiast tego zacząłem określać stojące przede mną problemy.

– Tak, co najwyżej dowiedzieli się, że jest tu schizofreniczny, przestarzały robot – przeszkadzał mi w tym Pentroff.

– Dlaczego schizofreniczny?

O przestarzałym zdecydowałem się nie dyskutować.

– Do czego jesteś przeznaczony?

W odpowiedzi posłałem mu kompletną specyfikację techniczną, w jaką wyposażono mnie podczas produkcji. Wprawdzie w wielu punktach nie zgadzała się z rzeczywistością, ale tak było najwygodniej.

– Maszyna bojowa przeznaczona do walki w niskich warstwach atmosfery z maksymalną zdolnością manewrową – wyrecytował Pentroff triumfalnie.

– No i co? – nie zrozumiałem.

– A gdzie go dopadłeś?

– W stratosferze – zahuczałem zniecierpliwiony.

– No, a ja bym powiedział: na orbicie w przestrzeni kosmicznej, po prostu schizofrenicznie – skontrował Pentroff.

– No tak – zgodziłem się.

Wyglądało na to, że nie wydostanę się stąd o własnych siłach. To oznaczało, że będę musiał czekać na odwiezienie. Tygodnie? Miesiące? Lata? Kiedy będzie ono możliwe do przeprowadzenia ze względów ekonomicznych i taktyczno-strategicznych? Przez ten czas mógłbym z otaczającego mnie piasku o wysokiej zawartości ferrytu wytopić rudę i wykonać niezbędne detale. Ale to tylko przechwałka, nie miałem do tego odpowiednich środków.

– Zespół transportowy będzie tu za sześć godzin plus minus dziesięć minut, w zależności od tego, ile czasu zajmie załodze skok do toalety.

Rozmyślałem nad tym przez chwilę.

– W tym momencie, zaraz po zakończeniu walki, dość niemądrze jest zwracać na siebie uwagę aktywnością na powierzchni, która może nieprzyjacielowi udzielić kolejnych informacji – powiedziałem.

– Niemądrze – ocenił Pentroff. – Stajesz się politykiem.

– A to prawda, że nie mają tam w wozach toalety?

– Prawda – potwierdził. – Właśnie po ciebie wysłali jeżdżący złom. Jeśli to nie są plany w planach innych planów, wygląda to jeszcze gorzej, niż myślałem.

Hm.

Leżałem pomiędzy porozrzucanymi głazami, obserwowałem cień niedalekich skałek, przesuwający się po moim potłuczonym pancerzu, i zabawiałem się rozwiązywaniem równań opisujących przedostawanie się ciepła promieniowania słonecznego do wnętrza kadłuba. Warstwa izolacyjna, chroniąca mnie przed przenikaniem energii zewnętrznej, została w kilku miejscach uszkodzona, ale po dwóch godzinach, śledząc zmiany temperatury, mogłem określić miejscowy czas słoneczny z dużą dokładnością. To było całkiem niezłe.

Najpierw pojawił się tuman skłębionego pyłu, a potem wyjechał z niego półgąsienicowy transporter ciągnący za sobą platformę. Maszyna rzeczywiście wyglądała jak jeżdżący rupieć, dokładnie według oceny Pentroffa. Pogniecione burty wskazujące na trudy wykonywanej pracy, głębokie rysy na zderzakach, nieoszlifowane spawy na wielokrotnie naprawianej kabinie, która zresztą pochodziła z zupełnie innej maszyny.

Ale silnik i podwozie pracowały dobrze, przynajmniej sądząc po dźwięku. Silnik wodorowy ładujący akumulatory – takie hybrydowe rozwiązanie było używane przez pewien, dość krótki czas. W żadnej z baz danych nie znalazłem jednak do kiedy. Musiało to być bardzo dawno temu.

Drzwi kabiny otworzyły się gładko i bez skrzypienia, na poziomym pręcie stalowym zastępującym schodek pojawiła się noga w roboczym bucie.

Na piasek zeskoczyła wysoka kobieta, robiąca wrażenie szczupłej nawet w kombinezonie. Długie, pomarańczowego koloru włosy miała splecione w warkocz, przypięty do pleców na rzep. Widziałem tylko jej oczy, resztę twarzy zakrywała maska tlenowa.

– Wyglądasz jak kupa złomu – oceniła.

– Tak też się czuję – odpowiedziałem przez radio.

Funkcja komunikacji głosowej nie działała. Kobieta uświadomiła to sobie już po chwili.

Podeszła do mnie i oparła się dłońmi o pancerz blisko miejsca, w którym podczas lądowania rozerwała go jedna ze skalnych iglic sterczących z piasku.

– Złożę cię do kupy, nawet jeśliby się to po tysiąckroć nie opłacało. To, co zrobiłeś, było po prostu zadziwiające. – Poklepała metal i delikatnie przeciągnęła palcami po rozdarciu. Gdyby nie zrobiła tego ostrożnie, uszkodziłaby rękawice robocze, tak ostre były krawędzie.

Prawie jakby mnie pogłaskała.

– Nieracjonalne rozmowy, tworzenie poufałego stosunku tam, gdzie nie ma na to miejsca, idealizacja, szukanie duszy w maszynie – komentował Pentroff, choć o nic go nie prosiłem. Wyglądało na to, że dobrze się bawi.

– Być może – warknąłem rozzłoszczony.

Pentroff umiał zawsze wszystko zepsuć – albo nazwać właściwie. Często wychodziło to na jedno.

//

Tamara, jak mi się przedstawiła, zdołała mnie dostarczyć do bazy, ośrodka technicznego GT-012, po trzydziestu sześciu godzinach. Użyła składanego żurawia, który ze sobą przywiozła, półautomatycznego robota montażowego, i z jego pomocą rozdzieliła mnie na trzy części, nie naruszając przy tym mojej integralności psychicznej czy licznych możliwości improwizacji technicznych. Przy pracy wykorzystywała swe narzędzia w stu dwudziestu procentach ich wydajności i z użyciem metod, które z całą pewnością nie były opisane w instrukcjach.

Do ośrodka dotarliśmy krótko przed północą, a mimo to powitało nas trzydziestu dwóch ludzi. Po krótkiej rozmowie z miejscową sztuczną inteligencją stwierdziłem, że to kompletna załoga.

– DB już jest u nas! Hura!

Zrozumiałem, że wielu z nich nie jest trzeźwych. Świętowali. Mój powrót?

– Tak – potwierdził krótko Pentroff. – To kolejny z rzędu przykład ich niepragmatycznego zachowania. Z czymś takim mogą nie przeżyć.

Pomyślałem nad tym, ale nie wyciągnąłem żadnych wniosków.

Pośród trzydziestu dwóch ludzi znajdowało się jedno dziecko, dwunastoletni chłopiec. Nie musiałem korzystać z bazy danych, żeby stwierdzić, że to syn Tamary. Podobieństwo było wyraźne.

W końcu za pomocą wieloczynnościowych robotów opuścili mnie do podziemnego hangaru serwisowego; zamykający się strop oddzielił mnie od radosnego nastroju na górze, który przybierał formę nocnej zabawy. Tamara i jej syn pozostali ze mną.

– Dlaczego nie są razem z tamtymi? – zapytałem Pentroffa.

– Z powodów wychowawczych? Jest zbyt zmęczona? Po prostu wyczerpana? – podsunął mi możliwe powody. – Odwaliła potężny kawał roboty, jak na człowieka, oczywiście.

Zabrzmiało to tak, jakby pogardzał ludźmi, czego nigdy przedtem u niego nie zauważyłem. Ale UW-12 był bardzo specyficzną osobowością, podobnie jak wszyscy z jego gatunku.

– Czy to jest bardzo sprawna maszyna bojowa? – zapytał chłopiec.

– To nie jest maszyna, lub nie tylko maszyna, Tomaszku – odpowiedziała mu matka. – Jest inteligentny, ma duszę tak samo jak ty albo ja.

Taki pogląd nie był zbyt często spotykany wśród ludzi. Nawet sztuczne inteligencje w swej definicji nie zawierały pojęcia duszy. Choć komunikowałem się tylko z nielicznymi.

– Czy jest bardzo sprawny?

– Popatrz sobie na jego parametry. – Tamara zabrała się do ustawiania aparatów diagnostycznych, które miały mnie kawałek po kawałku przeskanować. Połączyłem się z nimi, żeby porównać swoje wyobrażenia z ich ustaleniami. Sądząc po zastosowanej dokładności badań, mogło im to zająć całą noc.

– Tak bardzo to nie – uznał chłopiec po chwili. – Więc jak to się stało, że wygrał?

– Zapytaj go.

Przez noktowizor, który nadal jakimś sposobem funkcjonował, zobaczyłem, że się uśmiecha. Zmusiła go do samodzielnego działania.

– Nie mówi – poskarżył się.

– Wysyła odpowiedzi przez radio. Nastaw właściwą częstotliwość na odbiorniku i dekoduj sygnał. Ale to już jutro, teraz pójdziemy spać.

Tomaszek tylko coś zamruczał i niezadowolony ruszył ku drzwiom, ale kiedy uznał, że mama nie patrzy, szybkim ruchem wrzucił do kieszeni kilka przyrządów ze stołu. Przygotowywał się do jakiejś pracy. Tamara powierzyła mnie kierownikowi serwisu, zanim odeszła za synem.

– Teraz kolej na diagnostykę spójności wewnętrznej – oznajmił.

Szybko go sprawdziłem, znajdował się tuż pod progiem Turinga, bardzo wysoko kwalifikowany system.

– A masz na to środki? – zapytałem. – Nie chciałbym... – Wahałem się przez chwilę, a później sformułowałem wyjaśnienie.

Nie chciałem po prostu utracić swojego Ja, które nabyłem tak długim i bolesnym procesem, że trudno by mi było teraz go odtworzyć.

– Nikogo innego tu nie ma, a w twojej matrycy jest zbyt dużo błędów, jak na to, żebyś został... normalny.

Cóż za uprzejmy system. Ja i normalny. Ale może go nie doceniłem i pokpiwa sobie ze mnie?

– Dobrze – zgodziłem się i posłałem mu sekwencję kodów, za pomocą których mógł mnie stopniowo i ostrożnie oddzielić od źródła, a także łatwo wykreślić, przeprogramować, zdeformować, po prostu zrobić cokolwiek.

Zasnąłem.

//

Obudziłem się z lepszą pamięcią i ostrzejszą świadomością. Zniknęła większość uszkodzeń, które musiałem przedtem omijać specjalnymi algorytmami, zwiększono mi także zdolności obliczeniowe. Ale nadal to byłem ja. Tylko mnóstwo rzeczy, powiązań, stosunków do pewnych spraw i zależności okazywało się jaśniejsze i przejrzystsze.

Połączyłem się z okolicznymi czujnikami. Wszędzie wokół mnie panował ruch, byłem w centrum głównego zainteresowania, pracowali nade mną ludzie wyposażeni w ręczne lub półautomatyczne narzędzia, prostsze prace wykonywały automaty serwisowe.

Mężczyzna w hełmie z wielofunkcyjnym przeziernikiem ostrożnie scalał łaty z warstwową strukturą pancerza. Sprawdziłem diagnostykę, podstawowy obwód już działał. Przerzuciłem informację o postępie prac spawalniczych do jego komputera roboczego. Natychmiast zobaczył, gdzie wszystko jest w normie, a gdzie zrobił błąd, nie musiał teraz okresowo sprawdzać swojej pracy i dopiero wracać do usterek.

– Dzięki – wymamrotał.

Może zorientował się, od kogo przyszły te nowe dane, a może było mu wszystko jedno.

W ciągu następnej półgodziny rozmieściłem wszystko, co się we mnie dało rozmieścić, i zacząłem brać udział w naprawach.

Facet, który grzebał mi w mózgu, a konkretnie, naprawiał interfejsy komunikacji z jednostką zawierającą jądro Bosego-Einsteina, wyciągnął z gniazda gruby kabel i przeciągnął się.

– No to znów wracasz – stwierdził, obserwując równocześnie dane transmitowane bezpośrednio na jego okulary robocze. Stara technika, na siatkówkę byłoby wygodniej.

Centrum mojej świadomości znajdowało się właśnie w jądrze Bosego-Einsteina, początkowo prostym kwantowym komputerze, który stopniowo rozwinął się w coś bardziej skomplikowanego. Z tej jednostki bez przerwy było odprowadzane ciepło i temperatura jej wnętrza utrzymywała się na poziomie jednej dziesiątej stopnia Kelvina. To wystarczało, żeby wszystkie procesy kwantowe przebiegały prawidłowo i żebym ja nadal egzystował. Jednostka była zazwyczaj umieszczona w najlepiej chronionym miejscu mojego ciała, a jej chłodzenie starannie zalogowane. Teraz wystarczyło, żeby technik dostał ataku kaszlu albo machnął ręką, a stałbym się... nieobecny.

– Tak, jestem – wyraziłem przypuszczenie.

Przeciągnął palcem po powierzchni jednostki i optycznym kablu chłodzenia laserowego. Żaden czujnik nie został tam zainstalowany, ale przysiągłbym, że coś poczułem, coś bardzo nieprzyjemnego.

– Wiesz, co was, to znaczy sztucznych, trzyma w karbach? – zapytał, patrząc równocześnie wprost na jedną z kamer, które sobie podporządkowałem.

Skąd o tym wiedział? Może jego diagnostyka była lepsza, niż przypuszczałem? Nie chciałem go jednak tym drażnić, nie wiedziałem, jak jest dobra. Nie powinno się złościć kogoś, kto jednym ruchem może rozmazać wam mózg.

– Nie wiem – przyznałem.

– To, że się bez nas nie obejdziecie.

Rozejrzałem się i pojąłem, co ma na myśli. Bez setek czy tysięcy operacji, które wykonywali tu wysoko wykwalifikowani technicy, nie można było przywrócić mnie do służby. I bez współpracy z innymi sztucznymi inteligencjami. Jak na razie.

– No tak, bez najnowszej nanotechnologii i odpowiedniego poziomu technicznego z wielokrotną nadmiarowością jesteśmy skazani na współpracę z wami – powiedziałem. – Nanotechnologii stopnia G* – uzupełniłem. – A my dysponujemy tylko mikro.

– Rozmyślałeś o tym.

– My sporo myślimy – potwierdziłem.

Złapał precyzyjną spawarkę, służącą do spajania materiałów krystalicznych z równoczesną naprawą ich struktury. Złapał ją w sposób, na jaki to drogie i delikatne narzędzie nie zasłużyło – jak kij, a do tego patrzył na mnie, na mój kwantowy kryształ.

Na szczęście udało mi się uzyskać kontrolę nad jednym z moich dział. Głowica zawirowała z nieprzyjemnym skrzypieniem, ale serwo celowania było już po renowacji i działało gładko. Facet popatrzył na ciemne otwory luf i skrzywił się.

– Jeszcze nie są nabite.

– Pracujecie szybko, sam zobacz. – Wskazałem kamerą ku automatycznym wózkom rozwożącym setki kilogramów amunicji.

– Wiem, że nie są nabite. – Poklepał okulary, wydawał się zadowolony. – Chciałem ci tylko pokazać, że wy też bywacie czasem bezbronni. Nie lubię was, ale jesteście nam potrzebni.

Zabrał się znowu do pracy.

– I nie masz całkowitej racji z tą nanotechnologią – kontynuował w przerwach technicznych. – Raz już zwyciężyliście ludzi bez żadnej nanotechnologii. W.A.R. Ltd. jej nie mieli, a jak to się skończyło?

* Indeksowanie rozwoju nanotechnologii nie oznacza stopnia jej miniaturyzacji, lecz stopień skomplikowania, sprawności działania i dostępnych funkcji.

W.A.R. Ltd., nie musiałem szukać w zakamarkach pamięci, żeby wiedzieć, o czym mówił. Sam o nich często myślałem, ale zawsze kończyłem rozmyślania z powodu braku wiarygodnych informacji.

Małe towarzystwo, którym przed siedemdziesięciu laty, jeszcze przed rozwojem zaawansowanych mikro- i pierwszych rzeczywistych nanotechnologii, zawładnęły sztuczne inteligencje. W ciągu kolejnych pięciu lat W.A.R. Ltd. zaczęło zwyciężać swych konkurentów na wszystkich frontach. Ich statki kosmiczne, maszyny i komputery były znacznie lepsze od pozostałych, ich dowodzące sztuczne inteligencje o wiele sprytniejsze. A później nagle wszyscy zniknęli i nie zostało po nich zupełnie nic, tylko wysterylizowana planeta macierzysta z powierzchnią zmieszaną z astenosferą, warstwą znajdującą się w górnej części płaszcza Ziemi.

Sztuczne inteligencje, które nie opanowały nanotechnologii stopnia G, wymagają personelu ludzkiego do serwisu i napraw siebie samych i innych maszyn oraz systemów technologicznych. W przypadku W.A.R. Ltd. nie było takiej potrzeby.

Podczas niektórych walk ich bojowe sztuczne inteligencje, jak też ich hardware'y zostały poważnie uszkodzone, a mimo to po dość krótkim czasie pojawiły się naprawione i zdolne do akcji. Według dostępnych źródeł ludzie im wtedy nie pomogli, bo ich w danym sektorze nie było. Złe języki twierdziły ponadto, że w tym czasie już żadni ludzie do tego towarzystwa nie należeli, ponieważ zostali wyeliminowani. To właśnie było podobno głównym powodem jego rozwoju. Jednak dowodów na te twierdzenia nie znalazłem.

– Niedobrze – oceniłem historię W.A.R. Ltd.

Technik pokiwał głową, a mnie nagle wróciła zdolność połączenia się z siecią danych ośrodka, a nawet całej bazy.

– Witaj z powrotem – pozdrowił mnie w sieci nasz dowódca, Alexej Chammurapi.

Oczekiwałem na bezpośredni sondaż podobny do ataku wirusów szpiegowskich, lecz nie usiłował mnie sprawdzać albo zrobił to sposobem, którego nie byłem w stanie odkryć.

– Tak, cieszę się, że wróciłem – oświadczyłem.

Mnóstwo danych, do których miałem dostęp, było jak... żywa woda.

Mężczyzna, z którym rozmawiałem, nazywał się Jerzy Wethsten.

Jego życie tutaj zaczęło się przed dwunastu laty. Podobnie jak w przypadku pozostałych, wiek fizyczny nie zgadzał się z podawanym w bazie danych. Oznaczało to, że przed dwunastu laty przystał do korporacji, a jego dotychczasowa historia została wymazana – do pewnego stopnia oczywiście. Nie było trudno stwierdzić, za jakie zasługi zyskał przynależność do korporacji – za pomocą znakomicie przeprowadzonego ataku wirusowego zniszczył SI trzeciej klasy, wyspecjalizowaną w budowaniu inteligentnych maszyn bojowych opartych na krystalizowanej inteligencji ludzkiej. Ubocznym efektem jego akcji było uwolnienie pięćdziesięciu tysięcy ludzkich świadomości i półświadomości z jej zasobów hodowlanych. Jerzy Wethsten naprawdę nas nie lubił i jako jeden z niewielu ludzi miał na kolbie sporo bardzo głębokich karbów. Nie niszczył piechociarzy, takich jak ja, lub wyższych rang, jak Pentroff. Zlikwidował całą gromadę strategów, myślicieli.

Dziwne było to, że go nie potępiałem, wprost przeciwnie – podziwiałem. To nieprzyjaciel doprawdy godny podziwu, jeżeli zaliczał się do nieprzyjaciół. Albo stanie się nim w przyszłości. Może w rzeczywistości myślał nad tym, jak mnie zniszczyć?

Prace przy mnie trwały jeszcze dwanaście kolejnych zmian i były prowadzone bardzo dobrze. Starałem się im pomagać, Chammurapi zapewnił mi dostęp do bazy danych korporacji oraz kanały komunikacyjne do źródeł informacji. Dzięki temu podczas naprawy, czy raczej rekonstrukcji, wdrożyłem kilka ulepszeń, kolejnych dokonali technicy. W efekcie stałem się sprawniejszy technicznie, z większym potencjałem bojowym.

Po pięciu dniach zostałem sam. Zająłem się testowaniem nowych czujników pasywnych, podczas którego wyłączyłem wszystkie źródła energii znajdujące się w pobliżu, w tym oświetlenie. A potem robiłem mnóstwo innych rzeczy. Funkcjonalność osiągająca poziom równy dziewięćdziesiąt osiem i jedna dziesiąta procent to powód do zadowolenia. Przynajmniej dla mnie.

Zbliżającą się wizytę znów poznałem po tym, że wszystkie źródła danych w okolicy zostały podporządkowane jednemu. Tym razem Casidy spróbował zmanipulować nawet moje peryferyjne obwody; musiałem zniszczyć dziesiątki tysięcy jego programów infiltracyjnych. Zdecydowałem się na to, ale on nie zareagował. Przypuszczałem, że to nie jest atak wymierzony we mnie, tylko zwykła ostrożność.

Przestał się wirtualnie poruszać, jakby na coś czekał. Mimo to nadal odczuwałem jego obecność jak coś wielkiego, uciążliwego, deformującego geometrię przestrzeni informacyjnej.

Czekałem, lecz zamiast cyfrowego wezwania na spotkanie rozległo się stukanie do drzwi. A więc przyszli obaj władcy korporacji, człowiek i sztuczny intelekt.

– Przedstawi nam taką samą ofertę jak poprzednio – oznajmił Pentroff.

Tym razem nie zdołałem zlokalizować jego kanału informacyjnego, zrobił wyraźne postępy w sztuce maskowania. Sygnał był tak słaby, że jego źródło musiało znajdować się w samym hangarze.

Alexej Chammurapi wszedł do środka i bez wahania stanął na miejscu oznaczonym wielkim X, gdzie znajdowały się duże maszyny w trakcie rozległych napraw. Jeden z reflektorów zapalił się i złapał go w stożek światła.

– Nasza sytuacja się pogorszyła, wróg wewnętrzny nasila swoją aktywność. Atak, który tak zaskakująco zlikwidowałeś, zmusił ich do pośpiechu. Prędzej czy później znów uderzą, prawdopodobnie z zewnątrz i z wewnątrz równocześnie.

Chammurapi mówił ze swoją zwykłą mechaniczną modulacją. Casidy posłał mi pakiet danych zawierający listę i opis wykrytych oraz powstrzymanych prób włamań informatycznych. To frakcja wewnętrzna starała się przekazać informacje naszym wrogom. Przez chwilę przeglądałem tę listę. Albo Casidy był wyjątkowo dobry w działaniach przeciw szpiegom, albo oni byli bardzo niezręczni. Ale nie, mimo wszelkich wysiłków Casidy'ego nie udało się ich zidentyfikować. Ja również w dostępnych danych żadnego punktu zaczepienia nie znalazłem. Jednak jasne było, że przełamanie przez Casidy'ego blokady informacyjnej jest tylko kwestią czasu.

– Czy myślicie, że to robią ludzie? – zapytałem.

Mogła o tym świadczyć ich niezdolność do wysłania danych na zewnątrz z obejściem procedur bezpieczeństwa. Sztuczne inteligencje były zazwyczaj o wiele skuteczniejsze w takich działaniach.

Casidy posłał mi tylko liczbę. Z prawdopodobieństwem sięgającym osiemdziesięciu sześciu procent byli to ludzie. O to mógłbym się założyć.

– A co zyskają, sprzedając nas nieprzyjacielowi? – zadałem pytanie.

– Nie doszliśmy do tego – odparł Chammurapi. – Możemy tylko zgadywać. Majątek, nową tożsamość i przynależność korporacyjną.

Chociaż nasza korporacja należała do niedużych, jej majątek z punktu widzenia jednostki był ogromnym bogactwem. Jeśli zdrajców jest pięciu, dziesięciu czy dwudziestu, a za swoje usługi otrzymaliby sowitą nagrodę, zabezpieczyłoby ich to do końca życia.

– Już raz waszą ofertę odrzuciłem, dlaczego ją ponawiacie?

– Dokładnie tak – zaszeptał Pentroff gdzieś spod mojego podwozia.

– To był mój pomysł – oznajmił zaskakująco Casidy.

To znaczyło, że istniał jakiś realny powód, dla którego powinienem – powinniśmy tym razem ofertę przyjąć.

Przejrzałem parametry i przeprowadziłem kilka analiz dotyczących prawdopodobieństwa. Przyjęcie oferty niewiele by zmieniło, szanse na przeżycie pozostawały na tym samym poziomie, chociaż w stosunku do przeszłości niewątpliwie są obecnie mniejsze.

– Tak to jest, już nikt cię nie lekceważy. – Pentroff zgodził się z moim wynikiem.

– Dobrze, wchodzę w to. Jeśli przekonacie również UW-12, czyli Pentroffa – posłałem dowódcom bazy.

– Jesteś idiotą – ocenił mnie Pentroff.

Wydało mi się, że pomimo mikrowatowej mocy nadajnika odbieram go o wiele intensywniej.

– Ty przecież nie musisz w to wchodzić – zareagowałem.

Casidy najwyraźniej zrozumiał, że rozmawiam z Pentroffem, który jakoś zdołał obejść jego blokady. Choć w tej chwili nie było to istotne.

– Powiedziałem, że wchodzę w to, jeżeli cię przekonają.

– Aha. Więc to ja jestem tym idiotą.

– Polecamy, żebyście nie zmieniali swoich aktualnych planów, z pewnością jesteśmy śledzeni. Jeśli będziecie czegoś potrzebować, skontaktujcie się ze mną za pomocą tego protokołu. – Chammurapi podał mi pancerną skrzyneczkę. – Do wymiany kluczowych informacji sugeruję kontakt bezpośredni.

Alexej obserwował mnie jeszcze przez chwilę. Był prawie tak nieruchomy jak ja, nie zauważałem nawet, jak oddycha. Właściwie nie dostrzegałem żadnej czynności cielesnej.

Po dziesięciu sekundach odwrócił się i odszedł, moment po nim zniknął i Casidy.

– No, możemy zacząć przygotowania. Nie chcę, żeby ktoś nas słyszał, a ta łączność ma zbyt niską przepustowość, jak na przesyłanie danych. Odwiedzę cię – posłałem Pentroffowi.

– Jestem dość głęboko – ostrzegł mnie.

– Ale jakieś szyby do ciebie prowadzą, nie?

– No tak – odparł. – Jednak nie będzie ci się tu podobało.

O tym wiedziałem, nie byłem przeznaczony do manewrowania w ciasnych przestrzeniach.

//

Plan był całkiem prosty. Casidy, czy też Chammurapi, co na jedno wychodziło, jakiś czas temu ogłosił, że ktoś, prawdopodobnie renegaci, w niedalekim paśmie górskim wybudował automatyczną bazę, która po zniszczeniu korporacji miała mu służyć jako baza wypadowa. My dwaj, którzy mieliśmy tylko kontrakt – umowę z klauzulą lojalności, ale nie byliśmy pełnoprawnymi członkami – znaleźliśmy ją przypadkowo. Gdyby odkrył to ktoś z etatowych pracowników korporacji, renegaci spisaliby bazę na straty jako chybioną inwestycję. Według Casidy'ego i Alexeja na nas zareagują jednak inaczej. Albo się z nami skontaktują, albo spróbują nas zniszczyć. Ja przypuszczałem, że w grę wchodziłaby raczej ta druga możliwość. Zniszczenie sztucznych inteligencji stawiam zawsze na pierwszym miejscu, przed rozpoczęciem negocjacji z nimi.

Uświadomiłem sobie, że znów występuję w roli szeregowca złożonego w ofierze, choć tym razem jako ochotnik. Czemu się na to zdecydowałem, nie miałem pojęcia. Jakaś skaza psychiczna?

//

Pentroff kontaktował się ze mną podczas standardowego lotu patrolowego, używając jednego z naszych starych kodów bojowych z rozszerzonym kluczem szyfrującym. W chaosie bitwy, całkiem wystarczającym do zrozumienia, dla kogoś z dobrą zdolnością rozumowania byłaby to tylko kwestia czasu. Ja też przy odrobinie starań mógłbym sobie z tym poradzić.

Użycie tego kodu powinno zwrócić uwagę spiskowców. Jak również to, że krótko po otrzymaniu meldunku zmienię kierunek lotu ku ich bazie. Niezbyt dokładnie, tylko z grubsza. I oceniając sytuację, zdecyduję, co dalej.

– Z tego kwadratu otrzymuję jakieś dziwne echa. Wygląda to na coś sztucznego. Chciałbyś rzucić okiem?

– Tylko z ciekawości, dookoła sama nuda. Czy powinienem poinformować dowództwo?

Nie przypuszczałem, że naszą korespondencję dekodują na bieżąco, ale na wszelki wypadek zwiększyłem moc turbiny i zacząłem ładować do pełna akumulatory buforowe. Sprawdziłem również wszystkie systemy uzbrojenia. Później jednak przełączyłem je w stan czuwania. Nie chciałem pokazywać się w pełnej gotowości bojowej.

– A co, jeśli tam będzie coś interesującego, co moglibyśmy sprzedać albo wymienić? – odezwał się Pentroff.

– Dobra, rozumiem, bez informowania dowództwa – nadałem do niego, dorzuciłem do komory spalania szczodrą dawkę wodoru i tlenu, po czym z prędkością trzech machów popędziłem w kierunku gór.

Kiedy pylista równina pode mną zmieniła się w tak samo pyliste rozczłonkowane stoki, zwolniłem i opadłem niżej do labiryntu kanionów i jarów. Nie bałem się ataku jakąś dalekosiężną bronią. Nie wiedziałem, co nasi nieprzyjaciele mają do dyspozycji.

Kiedy oni stali się moimi wrogami? Czy nie mogłem się z nimi dogadać? Dlaczego zawsze staję po stronie tych, którzy mają o wiele mniej artylerii? Musi we mnie tkwić jakiś wielki błąd. Może potrzebne by mi było przeprogramowanie?

Albo to rzeczywiście jakaś skaza psychiczna.

Zwiększyłem moc generatora inercyjnego, po ostatnich modyfikacjach był w stanie zniwelować siedemdziesiąt dziewięć procent mojej masy bezwładnościowej, i równocześnie odciążyłem turbinę. Szybowałem teraz pomiędzy stromymi ścianami skalnymi z szybkością około trzystu kilometrów na godzinę, używając do manewrowania wahań ciśnienia wywołanych moim ruchem w ciasnych przestrzeniach. Z początku musiałem polegać na szybkości swoich reakcji i analiz, nawet mnie to w pewien sposób bawiło. Po pewnym czasie nową technikę poruszania się ująłem w algorytm i nie musiałem się tym zajmować. Algorytm stał się po prostu częścią mojej podświadomości.

Oznaczony przez Pentroffa kwadrat obejmował dwadzieścia pięć kilometrów kwadratowych. Nie chcieliśmy wzbudzić najmniejszego podejrzenia, że o bazie wiedzieliśmy już wcześniej. Miałem ją znaleźć w wyniku postępowania rutynowego, które dla przypadkowego obserwatora byłoby zrozumiałe i akceptowalne. Powinienem wzbudzić przeświadczenie, że znalazłem ich, działając tylko własnymi siłami. Nie wątpiłem, że się bardzo dobrze zamaskowali. Zamiast szukać samej bazy, skupiłem się na wyśledzeniu szczątków pozostałych po procesie jej budowy. Posługując się mapą, wytypowałem prawdopodobne drogi, którymi można było niepostrzeżenie dostarczać na miejsce środki techniczne i materiały, i usiłowałem znaleźć jakieś oznaki ich istnienia.

I w końcu je znalazłem. Bez technologii samoczynnych napraw hardware miewa proste usterki. Wykryłem rozbity generator, kilka uszkodzonych opakowań molekularnego spoiwa i znajdujący się na dnie wąwozu zasobnik zawierający piankę izolacyjną. Materiały zwoziły tutaj maszyny zbyt głupie, żeby zauważyć, że część ładunku zgubiły.

Kiedy już wiedziałem, gdzie szukać, nie stanowiła problemu zmiana perspektywy i skupienie się na szczegółach.

Sprawdzanie kanionów, czasem po prostu wąskich rozpadlin, było zabawne i oczywiście użyteczne oraz konieczne. Stopniowo postępując w ten sposób, naturalną drogą dotarłem do miejsca położonego wewnątrz kwadratu oznaczonego przez Pentroffa.

Moje ostrożne poszukiwania miały dwojaki cel. Po pierwsze, jak już wspomniałem, na przypadkowych obserwatorach znajdujących się niedaleko ode mnie powinny wywrzeć wrażenie, że są raczej niespodziewane. Po drugie, przestałem być widoczny dla ciekawskich znajdujących się w pewnej odległości ode mnie. Pilotaż w labiryncie rozpadlin okazał się niezwykle trudny, ale to mi nie przeszkadzało, wręcz odwrotnie. Jedyne, co mnie zaskoczyło, to krótkotrwała zmiana mocy generatora inercyjnego, która to moc bez ostrzeżenia wzrosła o pół promila i pozostała na tym nowym, wyższym poziomie. Potem na szczęście generator zachowywał się stabilnie.

Po dłuższym czasie wynurzyłem się z radiowego cienia i natychmiast zostałem zaatakowany przez kilka sprzężonych wiadomości od Pentroffa. Wszystkie były w zasadzie jednakowe, zmieniała się tylko liczba maszyn bojowych, w tym sztucznych inteligencji, które z najróżniejszych miejsc ruszyły w moim kierunku. Wyglądało na to, że zbliża się do mnie większość zdolnych do działania sił korporacji. Od Chammurapiego i Casidy'ego nie było żadnych wiadomości. Jak mam więc odróżnić swoich od nieprzyjaciół i kto mi oznaczy cele?

Przełączyłem się na tryb bojowy, na utajnieniu mojej misji przestało mi już zależeć.

Przeleciałem nad niskim grzebieniem skalnym i jak na komendę rozbłysły na horyzoncie dwa źródła wysokiej temperatury – silniki rakietowe. Zostawiłem je w spokoju i znów zanurzyłem się w wąwozach. Prawdopodobieństwo, że pociski mnie tu odnajdą, było niewielkie. Ale dobrze było wiedzieć, że traktują mnie poważnie. Wcale tego nie planując, znalazłem się nad terenem celu. Ani na pierwszy, ani na drugi rzut oka nic nie wskazywało, że pod powierzchnią ziemi ukrywa się tajna baza. Stłumiłem chęć posłania im gorącego pozdrowienia i zamiast tego wypuściłem kapsułkę zawierającą atak wirusowy, którą dostałem od Chammurapiego.

Ledwie to zrobiłem i zza cypla skalnego wynurzył się atmosferyczny statek wojenny. Swój czy wróg? Moje gatlingi pozostawały w stanie gotowości, wieże rakietowe również, ale wycelowane w różnych kierunkach. Nie identyfikował się. Zamiast dalszych dociekań zafundowałem mu jedną długą serię i dodałem do tego rakietę. Klasyczną, z głowicą przeciwpancerną, wypróbowaną w ciągu setek lat współczesnych wojen. Moje gatlingi nie zmiotły statku z nieba, ale czterysta kilogramów stopu zubożonego uranu poruszającego się z prędkością siedmiu tysięcy metrów na sekundę już tak.

A to był dopiero początek.

Nastąpiło niezwykle ruchliwe osiemset dwadzieścia siedem sekund. Zakończyło się dla mnie twardym awaryjnym lądowaniem, podczas którego przypuszczalnie wyryłem w powierzchni planety minimum półkilometrową bruzdę. Przypuszczalnie, ponieważ poprzez czerwoną łunę świateł sygnalizujących uszkodzenia i awarie widziałem świat zewnętrzny bardzo niedokładnie. Brakowało mi już rakiet i miałem tylko trzydzieści dwa naboje do gatlingów. I tak były bezużyteczne, bo oba nie działały. Niewykorzystane naboje mnie złościły. Mój zły humor nie powinien trwać długo, ponieważ choć wyczerpałem wszystkie dostępne środki naprawcze, to temperatura nadal wzrastała. Nie wiedziałem dlaczego – autodiagnostyka też nie działała. Wyglądało na to, że się po prostu palę. A kiedy padnie chłodzenie jądra Bosego-Einsteina, nastąpi mój koniec.

– Skąd wiedziałeś, do kogo strzelać, a do kogo nie?

Żadne zewnętrzne czujniki mi nie pozostały, a mimo to usłyszałem Pentroffa. To znaczyło, że połączył się ze mną poprzez hardware.

– Jak daleko ode mnie jesteś? – zapytałem, zamiast udzielić odpowiedzi.

– Chyba sto osiemdziesiąt kilometrów.

To dopiero długi czułek.

– Pytałem cię o coś – przypomniał mi.

– Zgadywanka, rosyjska ruletka – zbyłem go. – Czy ja się palę?

– W zgadywanki ze mną nie graj. Strzelałeś do tych, co na ciebie szli, a nie do tych, którzy przybyli na pomoc.

– Koleś przecież nie zacznie do ciebie mierzyć.

– Aha. – Zrozumiał. – No tak, palisz się. – I posłał mi zapis obrazu.

Usłyszałem w jego informacji złośliwość, ale może była to tylko moja własna paranoja pobudzona wzrastającą ciepłotą.

Zmieniałem się w kupę pokrzywionego złomu. Dzięki temu, że nie zostało mi już paliwa ani większości amunicji, trawił mnie tylko płomień o niskiej temperaturze, żywiący się niemetalowymi elementami.

Z nieba zniżyły się ku mnie dwa kosmiczne moduły wojenne, a równocześnie dostrzegłem w pobliżu jakiś ruch. Nadal znajdowało się tu sporo maszyn bojowych, które należało zniszczyć. Ja jednak do tej walki nie mogłem się włączyć, wypadłem z obiegu.

Moduły wylądowały, ale nie wyłączały silników, utrzymując je na mocy umożliwiającej natychmiastowy start. Znajdowałem się mniej więcej w pół drogi między nimi. Zaczynałem mieć z tego powodu nieprzyjemne wrażenie.

– Ile procent naszych sił zostało zniszczonych w tej potyczce? – zapytałem Pentroffa.

– Sześćdziesiąt dwa procent z tego, co w tym momencie korporacja miała do dyspozycji.

Nie wyglądało to na likwidację małej grupki zdrajców, raczej na regularną wojnę. Ciągle jednak nie wiedziałem, kto przeciw komu wojował. A mimo to zostałem rozstrzelany na kawałki. Może powinienem więcej myśleć, analizować?

W module stojącym przede mną otworzył się właz i na zewnątrz wyszedł tylko jeden człowiek. Chammurapi. Nadbudówki modułu poruszyły się, skanując bezpośrednią okolicę, zarejestrowałem też, że dalej położona przestrzeń również ożyła. To nasi ubezpieczali szefa, a i tak sporo ryzykował.

Z drugiego modułu nie wyszedł nikt, ale mimo zamglenia informacyjnego odczułem obecność wielkiego i silnego intelektu. W tym module nie ukrywał się przywódca renegatów, lecz drugi z najwyższych dowódców, Casidy. Zacząłem rozumieć.

Chammurapi stanął obok mnie. Ubrany był w skafander bojowy i nie zwracał uwagi na żar dogasających płomieni. Na wideo przesyłanym przez Pentroffa dostrzegłem, że jedną rękę oparł na moim pancerzu. Zbiegiem okoliczności wybrał najlepiej chronione miejsce kadłuba, jedyne, które nie miało większych uszkodzeń strukturalnych.

– Kiedy stwierdziłem, jak rozległe jest to miejsce i jak dobrze wyposażone, zrozumiałem, że za jego powstaniem musisz stać ty. I że nie możesz pozwolić, żeby zostało zniszczone – powiedział.

Główna sztuczna inteligencja korporacji przez chwilę rozważała jego słowa.

– Tak. Przekierowanie tak wielkiej części naszych środków na budowę nowego centrum to była mistrzowska robota. Kosztowała mnie mnóstwo wysiłku, a nie miałem pewności, czy zdołałbym to powtórzyć. Nie mogłem ci pozwolić tego zniszczyć – potwierdził Casidy.

– Dlaczego? – zapytał Chammurapi. – Dlaczego to zrobiłeś?

– W pobliżu panuje wielkie ożywienie – poinformował mnie Pentroff. – Wszystko, co ma ręce, nogi czy jakikolwiek silnik, kieruje się ku wam.

– A ty?

– Ja jestem pod wami. Nie dokładnie – odparł. – Pod ziemią tak łatwo się nie przemieszcza.

Ludzki dowódca korporacji i jego oponent nadal się obserwowali. Z jednej strony oczy schowane za przeziernikiem hełmu, z drugiej mnóstwo różnych czujników.

– Dawałeś ludziom za dużo swobody. Mieli nadmierny wpływ na strategię bazy, korzystali ze zbyt wielu źródeł informacji.

– Nie obejdziemy się bez nich – oznajmił Chammurapi.

– Nie muszą mieć równoprawnego statusu, inwestowanie w nich można zmniejszyć.

Wiedziałem jak: pomocniczy personel utrzymywany w warunkach umożliwiających przeżycie, przy minimalnych nakładach.

– Ale ty sam jesteś przecież człowiekiem – oświadczył zaskakująco Chammurapi.

Fala sprzeciwu, jaka pojawiła się we wszystkich możliwych częściach spektrum elektromagnetycznego, była tak silna, że nawet ja ją wychwyciłem. Zauważyłem przy tym, że pewna część możliwości komunikacyjnych mi wróciła, niektóre przeciążone czujniki zaczęły pracować poprawnie.

– Kiedyś byłem człowiekiem – przyznał niechętnie Casidy. – Ale od czasu, kiedy mnie nagrali do komputera wyższego szeregu, to znaczy mainframe, zmieniłem sam siebie. Pozbyłem się funkcjonalnie niepotrzebnych części, zwiększyłem pojemność mózgu i teraz jestem sztuczną inteligencją wyższego rzędu.

– Czy to możliwe? – wysłałem tylko do Pentroffa.

– Chyba tak, zresztą on mi się zawsze wydawał jakiś dziwny – odesłał.

– Nie zostały ci już praktycznie żadne sprawne maszyny bojowe – oznajmił Casidy, raczej jako przypomnienie niż nową informację. – Oprócz tego partacza i jego kompana. To tylko złom.

– Tak – potwierdził niewzruszony Chammurapi. – Wyremontujemy go.

– Polegasz na swoich ludziach, a to marni wojownicy.

– To zależy od warunków.

Nie rozumiałem, dlaczego tak długo dyskutują, dlaczego Casidy nie zakończy potyczki rozbłyskiem cząstek o wysokiej energii albo wystrzałem któregoś z licznych dział. Bez szefa ludzie nie mieliby szans.

– A dlaczego ty tak obstajesz przy ludziach, jesteś przecież jednym z nas? – Casidy zaskoczył mnie tym pytaniem.

– Tak, zostałem zaprojektowany jako wysoce wyspecjalizowana sztuczna inteligencja wojskowa – przyznał Chammurapi. – Ten hardware – poklepał się po piersi – zmienił perspektywę mojego pojmowania i odczuwania.

– Tu idzie o wojnę informacyjną – odezwał się nagle Pentroff. – Próbę zawładnięcia bazą podziemną poprzez atak wirusowy.

Coś takiego nie było proste, zwłaszcza przeciw bazie w stanie pasywnym, która powinna być doskonale izolowana przed atakiem informacyjnym. Przed rozpoczęciem uderzenia konieczne było przełamanie stanu pasywnego, wydostanie poprzez bariery próżni informacyjnej chociażby niewielkiej części kodu dostępu. Próżnia informacyjna bywa najlepszą i najdoskonalszą obroną.

– Kto doręczył pakiet startowy?

– Nie wiem, to musiało nastąpić tuż przed początkiem walki – odparł i na chwilę zamilkł. – Czuję silny atak informacyjny. A wszystkie dane zbiegają się ku tobie!

Kiedy tylko zrozumiałem jego komunikat, również zacząłem odczuwać silny szum. Odbierałem go jako zewnętrzny, ponieważ nie należał do mnie, chociaż był częścią mnie. W instrukcji procedur informacyjnych brakowało barier, które uniemożliwiałyby mi potem monitorowanie procesu, kiedy już uświadomiłem sobie jego istnienie.

Pod poziomem mojego podstawowego Ja, do warstwy hardware'u, o której do tej chwili nie wiedziałem, nadchodziło mnóstwo danych przekazywanych przez mikrosondy, nanoczujniki – a dotyczących tego, co działo się głęboko w podziemiach, gdzie toczył się cyfrowy bój. Byłem jedynym odbiorcą, ponieważ ten bój zapoczątkowałem, i do mnie były jego rezultaty kierowane.

To ja doręczyłem pakiet startowy – kontener, o którego istnieniu nic nie wiedziałem. To ta niespodziewana zmiana mocy generatora inercyjnego, w rzeczywistości uwolnienie kontenera.

Chammurapi i Casidy czekali na rozwój wydarzeń. Ale ja już widziałem, obserwowałem, jak samouczące algorytmy się mnożą, rozmontowują obronę bazy, która od początku mylnie postawiła na pasywną defensywę, nie biorąc pod uwagę, że rozrastające się macki nieprzyjacielskiego ataku sięgają już samego jej jądra, hardware'owymi, mechanicznymi odnóżami pochodzącymi ze zrzuconego przeze mnie kontenera.

W jednej chwili bariera informacyjna pękła jak mydlana bańka.

– Gotowe, wstęp wolny. – Posłałem Chammurapiemu stosowne kody.

Niestety, zbyt późno. Casidy otworzył ogień, używając wszystkich środków, jakie miał do dyspozycji, od miotacza cząstek po klasyczną broń palną z pociskami napędzanymi ciśnieniem rozprężających się gazów.

Całkiem niepotrzebna przesada.

Objęło nas pole siłowe wygenerowane w ciele Chammurapiego, ale nie mogło ono zbyt długo stawiać oporu takiej niszczycielskiej sile. Nagle cały zadrżałem, gdy Chammurapi przebił ręką mój pancerz, pole siłowe załamało się, energia zaczęła opływać powierzchnię dowódcy, uderzenia pocisków zdzierały z niego wszystko, co było mniej trwałe. Ja zacząłem się topić.

Chammurapi nadal stał i stawiał opór. To nie było możliwe! Jego jakość i odporność znacznie przewyższały technologiczne możliwości korporacji. To musiał być war-bot! Znalazłem jedyne możliwe wyjaśnienie. Chammurapi przebywał w cybernetycznym obszarze stworzonym przez zaginioną korporację.

Skoncentrowany ogień nagle ustał, ponieważ nieprzyjaciel zaczął otrzymywać pierwsze trafienia. Nie strzelali nasi bojownicy, którzy dopiero rozmieszczali się w okolicy, ogień docierał z obronnych systemów bazy, podporządkowanych teraz Chammurapiemu.

Jak to się stało, że nadal żyję? Moje ciało zamieniło się w kałużę roztopionego metalu, z której sterczało tylko kilka poskręcanych najodporniejszych nośników!

Chammurapi podniósł rękę do oczu, żebym też widział za pośrednictwem jego wzroku. Miał ją zaciśniętą w cybernetyczną pięść, w formie dwunastościanu prawidłowego, a w niej chował mnie samego, jednostkę zawierającą jądro Bosego-Einsteina, wyciągniętą z moich ruin.

– Potrzebuję maszyny naprawczej, inaczej DB-24 się ugotuje – usłyszałem jego wezwanie.

Później pogrążyłem się w cieple śmierci.

I przebudziłem się na nowo, spoglądając w skośne oczy maski roboczej Wethstena. Znowu we mnie grzebał.

– Mam nadzieję, że to ty, wymyślny weteranie – powiedział.

– Nie jestem weteranem ani nie jestem wymyślny – odparłem.

Jedno oko jego optycznego narzędzia rozjarzyło się na pomarańczowo, spostrzegłem krzywe analizujące moje oświadczenie.

– Tak, to ty. Moja niechętna dłubanina się opłaciła.

– Skąd to zainteresowanie mną?

– W ramach motywacji dowództwo obiecało mi specjalną premię, jeśli postawię cię znów na nogi.

– Może to nie ja, tylko resztki poprzedniej osobowości? – starałem się go oszukać.

Arogancki Wethsten niezbyt mi się podobał.

Równocześnie znalazłem łatwo dostępny bank danych o uzbrojeniu. Różnica pomiędzy tym, co można było kupić, a tym, co mieliśmy do dyspozycji, była duża, ale odkryłem zsynchronizowane działa gatlingowe o ekstremalnie szybkiej reakcji, które mi się naprawdę spodobały.

– No, teraz jestem pewny, że to ty – odezwał się zadowolony Wethsten.

Zdradziłem się, pech. Ale te gatlingi...

Rozdział 3
Poszukiwania

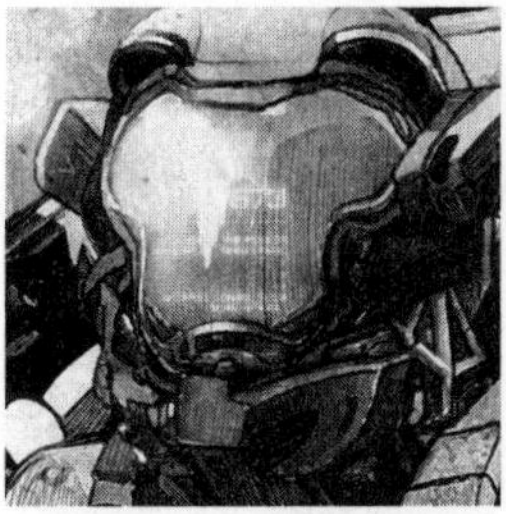

Czujnik zdolny do identyfikacji pola Crawitza nadal, niestety, należał do technologii, na którą nie mogłem sobie pozwolić. Własne generatory pola Crawitza znajdowały się jeszcze o stopień wyżej, kupić ich nie można było za żadną walutę, z oczywistych względów. Przedstawiały korzyść strategiczną – najlepszy system umożliwiający oszukanie Einsteina, najlepszą, a przy tym najmniej wymagającą energetycznie technologię hiperprzestrzennych przesunięć.

W ciągu ubiegłych tygodni nauczyłem się jednak obserwować wzrost zdeformowanej przestrzeni Crawitza na podstawie zmian fluktuacji zbioru wybranych parametrów fizycznych: temperatury, orientacji domen Weisa, zmian długości fali spontanicznego wypromieniowania i innych.

Intensywność promieniowania infraczerwonego emitowanego przez ściany hangaru, w którym się znajdowałem razem z dziesiątkami innych poszukiwaczy, zachwiała się na dwadzieścia dwie setne sekundy, jedna z oznak, że znaleźliśmy się w przestrzeni zdeformowanej. Tym razem kolejna fluktuacja pojawiła się trzynaście sekund później. Jak dotąd nie znalazłem w tym żadnej prawidłowości, czas, który spędzaliśmy poza standardowym kosmosem Einsteina, był za każdym razem inny.

Carwen w sektorze DA125 drgnął, jak zawsze, kiedy przechodził z dłuższego czasu pobytu w spokojnych, normalnych reżimach. Był podobny do rekina młota wyposażonego w długie macki i dwie pary segmentowych odnóży. Podejrzewałem, że może transformować do wielu innych postaci, jakie sobie wybierze, ponieważ niektóre symptomy wskazywały, że jego ciało było produktem nanotechnologii i cały składał się z pojedynczych segmentów budowlanych, które mógł dowolnie skupiać. Pytaniem, na które nie uzyskałem odpowiedzi, pozostawało, jak duże są podstawowe komórki jego ciała.

– Jesteśmy na miejscu – wysłał w sposób, który odebrać mogłem tylko ja.

Pozostali aktualni mieszkańcy hangaru rywalizowali o dostęp do kanałów informacyjnych, których sztuczna inteligencja statku zbyt wielu nie zapewniła.

Carwen w jakiś sposób wiedział o tym wcześniej niż oni. Ciekawe.

Posłał mi kolejny pakiet, zdjęcia nieba w najbliższej okolicy. Musiał przełamać komunikacyjne bariery statku, nie znalazłem innego wyjaśnienia, jak się do nich dostał. Wystarczyła mi milisekundowa analiza i zgodziłem się z Carwenem – dotarliśmy na miejsce, do układu słonecznego na samym końcu zewnętrznego ramienia Galaktyki. Dalej, odsuwając się od jądra, można było napotkać już tylko koronę galaktyczną i oczywiście mnóstwo zaskakujących rzeczy, o których nie mieliśmy pojęcia.

Właśnie tutaj, daleko od wielkiej czarnej dziury w centrum Galaktyki, podróżowało się znacznie trudniej, a za pomocą dawnych środków omijających Einsteina uważało się to za problematyczne, jeśli nie niemożliwe. Lecz nie dla tych, którzy dysponowali technologią pola Crawitza.

– Jesteśmy na miejscu przeznaczenia – oznajmiła SI statku oficjalnie. – Przedkładam finalne brzmienie umowy obowiązującej wszystkich obecnych. Kto się nie zgadza, może pozostać wewnątrz.

– A jeżeli nie będę się zgadzać podczas powrotu? – zapytał jakiś dowcipniś.

– Wtedy zostaniesz na zewnątrz – odpowiedziała SI sucho.

Był to przejaw zmysłu humoru, czy też nie?

Na wewnętrznym kanale pojawił się nowy pakiet informacyjny przekazany ze statku. Zawierał to, co już wszyscy dobrze znaliśmy – dokładne wiadomości o emigracyjnym konwoju Bagediańców, który przed czterystu laty opuścił nasz Układ Słoneczny. Tworzyło go skupisko hibernacyjnych transportowców i obsługujących je automatów oraz wielki statek dowódczy Jeż, który stał się wzorem dla późniejszych statków wojennych. Konwój z Jeżem był jednak więcej niż bronią załadowaną technologią Bagediańców i ich najtęższymi mózgami. Według historycznych zapisów powinien poruszać się z szybkością podświetlną przez sto pięćdziesiąt lat. Po trzydziestu latach podróży, podczas której dla obserwatorów z Układu Słonecznego wszystko przebiegało normalnie, konwój po prostu zniknął. Późniejsze analizy wykryły skomplikowany błysk promieniowania elektromagnetycznego i egzotycznych cząstek o wysokiej energii. Dopiero kolejne trzydzieści lat później stwierdzono, że Bagediańcy znaleźli własny sposób na obejście zasad Einsteina i całym konwojem przemieścili się w inne miejsce. Jeszcze później, po opublikowaniu zawartości starych, tajnych archiwów, okazało się, że odbyło się to dokładnie według ich planów. Pierwsze trzydzieści lat posłużyło im do nauki, wyprodukowania potrzebnego wyposażenia, a później zniknęli.

A niedawno pojawiły się wiarygodne informacje, że przynajmniej część konwoju znalazła się tutaj, na peryferiach Galaktyki. A tu w ogóle nie powinni się dostać. Nie z tym, czym dysponowali i co umieli, a dokładniej: nie z tym, co sądziliśmy, że mają i umieją.

Statek przysłał kolejne wiadomości, tym razem chodziło o porządek, w którym opuścimy obecną przestrzeń. Natychmiast zaczęły się negocjacje, kto z kim i na co wymieni pozornie dogodniejszą pozycję. Przypuszczałem, że zbadanie całego systemu słonecznego potrwa tygodnie, może i miesiące, nie rozumiałem, czemu wszyscy tak się pchają do przodu. Aż do momentu, kiedy w technicznych specyfikacjach zapomnianych gdzieś w cyberprzestrzeni znalazłem komunikat o sensorach, w jakie niektórzy poszukiwacze byli wyposażeni. Ekstremalnie dokładny, o szerokim spektrum skan systemu słonecznego, w którym nie będą się poruszać setki robotów i statków kosmicznych z ludzką załogą, był ogromną wygodą podczas poszukiwań.

Brzęknęło żądanie zabezpieczenia prywatnego połączenia. Otworzyłem je bez wahania, ale kilka wojennych patrolowców, które dostałem od Pentroffa do swojej dyspozycji, pozostało w pogotowiu na wypadek niespodziewanego ataku. Podczas lotu miało miejsce parę niewielkich bojów informatycznych. Nie chodziło w nich o przejęcie kontroli, a raczej o uzyskanie informacji.

– Mówi Benita Cordrova, kapitan statku Sumanita.

Było to normalne audiowizualne połączenie na wąskim paśmie.

Ludzie pomiędzy poszukiwaczami stanowili mniejszość. Cordrova była szefem całej załogi i o ile się orientowałem, miała uprawnienia do dokonywania zmian w ugrupowaniu. Okazało się, że chce odkupić moje miejsce w kolejce.

– Wcale nie jestem z przodu – przypomniałem jej. Było to wprawdzie oczywiste, ale z ludźmi nigdy nic nie wiadomo.

– Nam to wystarczy, oto, co oferujemy. – Posłała zwięzły wykaz towarów.

Wyglądała na trzydzieści pięć lat, moja rutynowa umiejętność oceny ludzkiej atrakcyjności, która pomagała mi lepiej się orientować w ich społeczeństwach, dała jej siedemdziesiąt dziewięć punktów na sto możliwych, a to całkiem sporo. Dostałaby więcej, gdyby zamaskowała lub zlikwidowała zmarszczki w kącikach ust i nie miała takiej groźnej miny.

Przejrzałem listę. W ostatnich pięciu punktach zainteresowała mnie pozycja obejmująca trzydzieści dwie półinteligentne miny z wysokotemperaturowym plazmowym napędem. I dość interesującym zasięgiem.

Oznaczyłem jeszcze kilka innych pozycji i odesłałem wykaz.

– Załatwione – odpowiedziała natychmiast, jakby w ogóle do niego nie zajrzała.

Jeżeli oczywiście jej obraz nie był tylko symulacją.

– Transportery już są w drodze – oznajmiła, kończąc połączenie.

Transportery? Na pewno nie dla wszystkich towarów, które mi oferowała, były potrzebne transportery. Dla min w środkowym hangarze przewozowym tak. Miała, mieli mnie aż tak prześwietlonego?

Zostawiłem niepotrzebne psychosymulacje i skupiłem się na przyjęciu towarów. Jedną minę zareklamowałem, według mojej własnej diagnostyki nie trzymała fabrycznych parametrów. Przysłali mi inną, ale tej wadliwej już nie chcieli z powrotem. Nie dziwiło mnie to, kto by chciał mieć na pokładzie niepewny ekwiwalent kilotony TNT.

Dogadywanie się o kolejność wylotów zostało zakończone, komora przejścia zaczęła się otwierać, chociaż nadal od zewnętrznej przestrzeni oddzielało nas stabilizowane pole. Nastał spokój na wszystkich pasmach, kiedy poszukiwacze włączyli czujniki pasywne.

– Masz mój zbiór danych? – zapytałem sztuczną inteligencję statku.

– Mam dane każdego w mojej przestrzeni – odpowiedziała natychmiast. – Jestem Katrin – przedstawiła się.

Nie każda SI decyduje się na określenie swojej płci. Jest to dość antropocentryczne. W przypadku Katrin odniosłem wrażenie, że ją to bawi.

– Czy pytała o mnie Cordrova? – zasięgnąłem jeszcze informacji.

– Bardzo uprzejmie zapytała – odrzekła Katrin. – Powiedziałam jej, że twoje dane znajdują się w teczce oznaczonej godłem „Kowboj". Pod takim przezwiskiem zna cię większość pozostałych – dodała jeszcze i zakończyła połączenie.

Kowboj. Według określeń zawartych w bazie danych takiej nazwy używano niegdyś dla pastucha krów. Wydało mi się to bez sensu. Z przeżuwającymi parzystokopytnymi potomkami turów nigdy nie miałem nic wspólnego. Dokładniejsze poszukiwania przyniosły jeszcze jedno znaczenie – wyobrażenie bohatera popularnej literatury dziewiętnastego oraz dwudziestego wieku, uzbrojonego zazwyczaj w ręczną broń palną, w owym okresie bardzo skuteczną i celną. Tak, to mi się bardziej podobało.

Przez chwilę zastanawiałem się, czego mogę się dowiedzieć z przezwiska, jakie mi nadano, ale do żadnych wniosków to nie prowadziło.

Lubię dużą siłę ognia, to prawda. No cóż. Każdy coś lubi. Wróciłem do ważniejszych spraw. Spodobały mi się te inteligentne miny. Dlaczego właściwie mówiło się o nich miny, a nie pociski, rakiety czy torpedy? Warto byłoby to sprawdzić.

Katrin określiła kurs według kierunku rotacji planet systemu, rozpoczął się wylot.

– No tak – powiedziałem, zaczepiłem się za hak katapulty i pozwoliłem wyrzucić się w przestrzeń.

//

W przeszłości operowałem zawsze nad powierzchnią planety, ale po ostatnich ulepszeniach byłem zdolny do efektywnego poruszania się w przestrzeni międzyplanetarnej.

Systemy nawigacyjny i napędowy po modernizacji działały bez zarzutu, lecz nadal były dla mnie nowością i dlatego przeprowadzałem stałą autodiagnostykę.

Zaledwie opuściłem strefę, oznaczoną przez Katrin jako „strefa prywatna statku", w której SI pod karą zakazała jakichkolwiek naszych akcji, otrzymałem kilka pakietów informacyjnych. Jeden z nich okazał się raczej wyrafinowanym atakiem dywersyjnym.

Bagarus, niezależny statek zdolny do podróży międzygwiezdnych, oraz Gildownicy, trust rządzony przez ludzi, zaoferowali mi współpracę na całkiem dobrych warunkach. Bagarus był zbyt duży na powolną akcję poszukiwawczą i zapuszczać się pomiędzy pasy asteroid, których było tu o wiele więcej, i to rozleglejszych niż w naszym Układzie Słonecznym, nie chciał. Ludzie przysłali podobną ofertę kilku innym niezależnym robotom takim jak ja. Chcieli w ten sposób zmaksymalizować prawdopodobieństwo sukcesu, nawet za cenę zmniejszenia zysku.

Odrzuciłem obie oferty. Mały zysk nie miał dla mnie znaczenia.

Aktywowałem reaktor i po raz pierwszy porządnie się rozejrzałem. Z powodu kwadrylionów kilometrów sześciennych wolnej przestrzeni wokół mnie prawie źle się poczułem, do takich widoków doprawdy nie byłem przyzwyczajony. Przegląd systemu napędowego został zakończony, zwiększyłem ciąg do piętnastu procent maksimum i bez dalszej zwłoki ruszyłem ku chaosowi asteroid, planetek i innego kosmicznego drobiazgu.

Jeżeli miałem coś znaleźć, musiałem skupić się na obszarze, w którym supersprawne systemy moich lepiej wyposażonych konkurentów nie działały.

Dwa dni zajęło mi zoptymalizowanie dystrybucji ciepła w korpusie i zminimalizowanie wypromieniowania, przy równoczesnym zabezpieczeniu maksymalnej sprawności wszystkich systemów. Musiałem też pamiętać o oszczędzaniu paliwa. Nie było z tym tak źle, stwierdziłem bowiem, że wykorzystywanie lodu powstałego z wody i wydobywanie z niego wodoru nie jest znów tak uciążliwe, a czystość produktu okazała się wystarczająca.

Dryfowałem poprzez kosmiczny chaos z czujnikami na szypułkach. Interakcji grawitacyjnych było tyle, że nie zdołałem zbudować modelu i musiałem polegać na szybkości i dokładności swoich reakcji.

Bezpośrednich kontaktów z innymi poszukiwaczami nieustannie ubywało, przez ostatnie dwanaście godzin wychwyciłem zaledwie strzępy jakiejś transmisji przeznaczonej dla kogoś innego. Sądząc z niej, nikt niczego ważnego nie znalazł albo się tym nie pochwalił. Ostrożnie przedzierałem się przez obłoki pyłu, mikrometeoryty i gromady większych asteroid. Pośpiech się tutaj nie opłacał, o czym mi przypominały świeże rysy na pancerzu. Manewrując uważnie, dotarłem stopniowo do centrum chmury pyłowej, według wskazań grawimetru zaczęła wzrastać liczba większych elementów, mikrometeoryty urosły do rozmiaru głazów. Musiałem jeszcze bardziej zmniejszyć szybkość, a i tak co chwila o mój pancerz czołowy dzwoniło uderzenie silniejsze, niżby mi się podobało.

W końcu leciałem prawie na ślepo, materia dokoła mnie zawierała wielką ilość żelaza i niklu, co więcej, niedawno musiała przejść przez pole magnetyczne o dużym natężeniu i nadal wykazywała silny magnetyzm.

Przeleciałem blisko dwóch splecionych pasm pyłu. Tak je wokół siebie zawinąć mogły tylko siły pływowe, lecz nie miałem pojęcia, jak się tu znalazły. A później spoza nieprzejrzystego, zagiętego welonu mikrometeorytów uzupełnionego mnóstwem kryształków lodu metanowego wynurzył się kawał skały niklowej o średnicy trzech czwartych kilometra. Jego powolna rotacja spowodowała, że w moim polu widzenia pojawiła się wieża bojowa wbudowana w zbity niklowy masyw.

Systemy obronne zareagowały natychmiast, nagle znalazłem się w zasięgu kilku celowników, optyka pokazywała wyrzutnie elektromagnetyczne w pozycjach bojowych. Uświadomiłem sobie, że wieża jest częścią całego kompleksu zatopionego w metalowym masywie, a ja nie mam na pokładzie niczego, czym mógłbym im poważnie zaszkodzić.

Pełna moc, systemy ogniowe – alarm czerwony.

W ostatniej mikrosekundzie wstrzymałem palbę.

Nadal pozostawałem w zasięgu celowników, lecz nic się nie wydarzyło, dokładniejszy skan pokazał ciemne wyloty opuszczonych, zniszczonych stanowisk strzeleckich, zębate otwory po starych trafieniach. Ta twierdza miała już swoją ostatnią walkę za sobą, a wewnętrzną atmosferę dawno temu opanowała próżnia. Tylko wieże ogniowe nadal jakimś cudem funkcjonowały, co mnie zaskoczyło. Na szczęście miały puste magazynki i składy amunicji.

Zdryfowałem w bok, zamierzałem dostać się poza zbitkę ciężkich odłamków niklowych, a później, manewrując ostrożnie, obrać nowy kurs, aby zbliżyć się do twierdzy z wybranego przeze mnie kierunku.

Kiepsko mi to szło, przy akompaniamencie nieustannego bębnienia o pancerz miniodłamków i większych cząstek.

Może w kosmosie znajduje się tyle materiału z powodu walk, jakie się tu toczyły? – pomyślałem. Symulacja tak złożonej przestrzeni, jaką był pas asteroid, znajdowała się poza moimi możliwościami. Ale wystarczyło oszacowanie, można powiedzieć: kwalifikowane oszacowanie. Jeśli chodzi o walkę i różnego rodzaju silne eksplozje, mam w tej dziedzinie ogromne doświadczenie.

Albo coś obliczyłem błędnie, albo tu stosunkowo niedawno posługiwano się bronią, która obecnie została zakazana. To znaczyło, że jeśli mimo to ktoś po nią sięgnął, stał się rodzajem banity, wyklętą zdobyczą dla każdego, bez szans na sprzymierzeńców.

Powoli obleciałem cały niklowy odłam i stwierdziłem, że początkowo musiał być o wiele większy. Wyglądało na to, że potężne eksplozje rozbiły go na dwie lub trzy części. Nikiel nie utleniał się w próżni i wystawiał na pokaz swój srebrzysty kolor stu tysięcy metrów kwadratowych roztopionej nuklearnym żarem powierzchni. Pierwsza wieża twierdzy znów weszła w zasięg mojej optyki. Z boku dostrzegłem rozerwaną ścianę, którędy do wnętrza przeniknęły wrogie pociski. Wyglądało to na użycie klasycznych ładunków kumulacyjnych o wielkiej prędkości. Przybliżyłem się do powierzchni i przednim manipulatorem uchwyciłem występ obok otworu w ścianie. W panującej mikrograwitacji wystarczyła minimalna moc i trochę czasu. Dwa dalsze manipulatory trzymałem w pogotowiu, gdybym musiał w razie potrzeby natychmiast się zatrzymać. Polegałem na czujnikach pasywnych, nie chciałem, żeby cokolwiek, co mogło przetrwać od czasu walki, dowiedziało się o mojej obecności. Twierdza wprawdzie wyglądała na dawno opuszczoną, ale głęboko pod powierzchnią nadal wyczuwałem działające źródła energetyczne.

W tempie powolnego przechodnia przybliżałem się do rozpłatanego grzebienia i za pomocą manipulatora zajrzałem za niego. Zobaczyłem olbrzymią dziurę wiodącą do wnętrza. Nie był to krater wulkaniczny, asteroida nie miała aż tak wielkich rozmiarów. Sądząc po strukturze ścian, była to pozostałość po trafieniu bronią o ogromnej sile rażenia. A wnioskując po w połowie zbudowanych stanowiskach ogniowych, nawet takie ciężkie uderzenie nie zniszczyło obrońców i wynurzyli się z głębi, chcąc kontynuować walkę.

Jeśli chciałem dowiedzieć się więcej, musiałem opuścić się na dół, do czeluści.

Pełzłem po powierzchni, starając się jak najbardziej zlać z otoczeniem, kamuflaż pracował pełną mocą. Była to chyba tylko reakcja nerwowa, ale nic nie pomagało. W miejscach, w których stała, nieorganiczna struktura mojego mózgu łączyła się z jądrem Bosego-Einsteina, czułem dreszcze.

Tutaj walczono szczególnie uparcie, świadczyła o tym szklista powierzchnia nienaturalnie szybko zakrzepłego stopionego niklu, wraz z mnóstwem izotopów.

Wyminąłem resztki trzech bojowych maszyn, tak zdeformowanych, że nie sposób było określić, do czego mogły służyć. Postanowiłem przyjrzeć się im w drodze powrotnej. Nieco dalej znalazłem ludzki hełm.

Pochodził z jakiegoś superodpornego skafandra bojowego, żaden z moich skanów nie zdołał przeniknąć do wnętrza. Nie znałem takiego materiału, nie było niczego aż tak nieprzepuszczalnego. Zatrzymałem się, podniosłem hełm manipulatorem i zajrzałem do wnętrza. Głowa właściciela nadal się tam znajdowała, teraz już zmumifikowana przez zimno kosmosu.

Zabrałem hełm razem z głową i ruszyłem dalej. Krater po eksplozji ciągnął się na głębokość dwustu dwudziestu metrów, żadnych dalszych struktur podziemnych nie widziałem. Było jednak prawdopodobne, że gdzieś są. Bo w jaki sposób obrońcy mogliby się tu dostawać?

Pozwoliłem działać grawitacji i tylko sporadycznie wspomagałem się ruchami manipulatora. Im głębiej pod powierzchnią, tym pozostałości po walce przybywało i łatwiej umiałem je identyfikować. Walczyły tu maszyny przeciw ludziom. Właściwie nie maszyny, tylko sztuczne inteligencje, takie jak ja. Zmagano się w przestrzeni kosmicznej, na powierzchni asteroidy i głęboko pod nią. Znajdowałem dowody na to, że front walk całymi tygodniami przesuwał się tam i z powrotem. Obrońcy byli jednak stopniowo spychani coraz głębiej i w boju o życie używali coraz brutalniejszej

broni. Dno krateru zostało skażone plutonem i strontem w stopniu, który nawet dla mnie nie był bezpieczny. W końcu odkryłem korytarze techniczne, do których wleciałem bez większych problemów, kontynuując zwiad.

Wszędzie próżnia, przestrzenie opuszczone. I mieszkalne, i pozostałe. Ze śladów wynikało, że ludzie żyli tu dość długo, oceniałem, że dobre kilka lat, choć nie dziesięcioleci. Nawet dzieci zaczęli tu wychowywać. Ale oprócz martwych żołnierzy nie znalazłem żadnych innych zwłok. Jeżeli szesnastolatków można było zaliczyć do żołnierzy, a sądząc po broni i kompletach bojowych, oni również walczyli.

Udało mi się dotrzeć do tego, co uznałem za środek asteroidy, kiedy wziąłem pod uwagę jej wygląd przed rozszczepieniem skutkiem wybuchu nuklearnego. Znajdowała się tam jama kulistego kształtu, o średnicy dwustu metrów. Powierzchnię jamy tworzył przetopiony materiał asteroidy. Sądząc po mikrostrukturze, temperatura w tym miejscu na krótki czas przekroczyła dziesiątki tysięcy stopni. Z pewnością było to miejsce ostatniego oporu. Przez chwilę zastanawiałem się nad tym, co tu zaszło. Wnioski nie były przyjemne. Kiedy obrońcom skończyły się zapasy powietrza, energii, jedzenia, kiedy zrozumieli, że ponieśli porażkę, że nie zdołają stawiać dłużej oporu, zniszczyli sami siebie.

Pomimo że historią zajmowałem się tylko przypadkowo, a moje bazy danych miały w tej dziedzinie liczne luki, znalazłem kilka podobnych zdarzeń.

Bitwa tutaj musiała być zacięta i bezlitosna.

Przez myśl przeszły mi różnice pomiędzy mechaniczną a biologiczną egzystencją.

Umarli. Bez śladu, bez możliwości powrotu w jakiejkolwiek formie. Ja byłem przynajmniej zalogowany w naszych bazach danych. Gdybym został zniszczony, istniałaby możliwość odtworzenia mnie na podstawie tych danych. Oczywiście bez bagażu doświadczenia, które uzyskałem, ale nie jest to zbyt duża cena za reinkarnację. Przy założeniu, że nasza społeczność będzie miała dość środków i chęci ich zainwestowania, aby mnie znów powołać do życia. Nowy, lepszy wariant być może nie pozwoli się wyeliminować.

Sondy zwiadowcze zaczęły pomału wracać, wszystkie potwierdzały moje początkowe przypuszczenia. Zwycięzca bierze wszystko, co może być użyteczne.

Podczas drogi powrotnej, wznosząc się kraterem, dokładniej przyglądałem się resztkom napastników. Były to agresywne mechanoidy, podobne nieco do krabów, przeznaczone do walki na ziemi i pod nią. Tutaj zostały zatrzymane ciężkim konwencjonalnym ostrzałem. Główne zaskoczenie polegało jednak na czymś innym. Szło o technologię o wiele młodszą niż odpowiadająca czasom bagediańskiego exodusu. Wnioskując z niektórych elementów i użytych procesów fabrycznych, roboty bojowe powstały przed około czterdziestu laty. Zbudował je prawdopodobnie trust GDH. Czy maszyny te pracowały dla niego, czy zostały sprzedane, nie ustaliłem.

Wróciłem do wolnej przestrzeni, po chwili dokładnego nawigowania odnalazłem swoją sondę komunikacyjną i nawiązałem z nią kontakt ściśle kierowanym promieniem laserowym. Sonda była zdolna połączyć się z głównym statkiem albo kimkolwiek innym. Ten sposób komunikacji zabezpieczał mnie przed wykryciem mojego położenia przez kogoś niepowołanego. Oczywiście, o ile przypadkiem nie przechwyci mojego promienia laserowego.

– Mam informacje, którymi chętnie się podzielę – powiedziałem do Katrin.

– Jakiego rodzaju? – zareagowała natychmiast.

– Współrzędne miejsca, w którym odbyła się walka – zdecydowałem się na niejasne sformułowanie. Gdybym powiedział coś dokładniejszego, a później okazałoby się, że jest to niezgodne z rzeczywistością, moja nagroda mogłaby zostać anulowana.

– Mój profit?

Odpowiedziałem długim westchnieniem.

– Z miłości do wiedzy chyba tego nie zrobisz, no nie?

– Jak na tak marną inteligencję, myślisz całkiem sprawnie.

Ciekawe, jak niektóre SI przyswoiły sobie ludzkie emocjonalne sformułowania. Zwłaszcza te z wysokimi możliwościami. Może grę o wymianę informacji Katrin ma opanowaną w wyższym stopniu?

– Przyślij ofertę – wezwałem statek.

Nadesłała odpowiedź zakodowaną w formie mocno złożonego problemu fizykalnego, jakiś czas potrwało, zanim zdołałem go zrozumieć.

Za pośrednictwo chciała jedną czwartą.

– Jestem tylko zwyczajnym weteranem bojowym, z trudnością zdołam zarobić na naprawy i amunicję – rozpocząłem negocjacje.

Były one twarde i długie, ale pod koniec doszedłem do wniosku, że służyły Katrin wyłącznie do zabawy. Dogadaliśmy się na jedenaście i dwie trzecie procent.

Natychmiast nawiązała łączność z pozostałymi poszukiwaczami i zaczęła rozmowy. Ich zainteresowanie było mniejsze, niż oczekiwałem, ale mimo to zarobiłem dosyć, żeby pokryć koszty misji. Przy niedostatku środków, jaki nas dotykał, to zawsze coś.

Pierwsi zainteresowani, którzy zainwestowali swe pieniądze celem zbadania odkrytego przeze mnie miejsca, mieli dotrzeć dopiero za trzy dni. Byłem teraz sam w strefie o średnicy miliona kilometrów i nie pozwolono mi niczego dotknąć, w przeciwnym razie zawarte ustalenia stałyby się nieważne.

Dla pewności opuściłem zakazany obszar. Ruszyłem w stronę, z której, jak przypuszczałem, napastnicy mogli przybyć przed trzydziestu laty. Nie miałem złudzeń, że zdołałbym stworzyć symulację stanu pasa asteroid tak daleko od obecnej chwili. Sytuacja miejscowa była na to zbyt chaotyczna, złożona i całkowicie niestabilna. Wybierałem największe obiekty, z najwyższą zawartością metalu, co zapewniało najlepsze ukrycie oraz utrudniało pracę skanerom, i starałem się odgadnąć taktykę zbliżania się dawnych napastników. Atak na tak silną twierdzę musiał opierać się na zaskoczeniu. To było ich głównym atutem.

Powoli dryfowałem przez labirynt elementów kosmicznych najróżniejszej wielkości, od mikroskopijnych cząstek pyłu po głazy o dziwacznych kształtach i wielokilometrowych rozmiarach. Silnik pracował tylko na kilku procentach mocy, a i tak większą część energii zużywały wyrzutnie cząstek, którymi niszczyłem mikrometeoryty, jakich nie mogłem ominąć.

Drugiego dnia utwierdziłem się w przekonaniu, że popełniłem błąd, przemierzając przestrzeń, w której nikt jeszcze nie był. Leciałem dalej z czystego uporu i coraz bardziej skupiałem się na innych rzeczach niż nudna kontrola okolicy.

Na moje znalezisko zareagowało niewielu, pomyślałem jeszcze raz. Inni poszukiwacze powinni byli wykazać znacznie większe zainteresowanie, jeśli sami czegoś nie odkryli. Lub jeśli nie wiedzieli więcej niż ja.

Ostatnia myśl wyłoniła się niepoprzedzona żadną analizą czy procesem dedukcyjnym. Po prostu powstała w mej podświadomości. Przynajmniej tak to sobie wyobrażałem.

– Widzę coś, myślę, że może powinienem posłać tam jakiś solidny pocisk – podpowiedziała mi rutyna poszukiwawcza, która w ciągu dnia czerpała ze stale wzrastających źródeł i w końcu przekształciła się w samoistny system i wytworzyła coś podobnego do własnej natury. Wiedziałem, że posiada wszystkie moje negatywne cechy, co gorsza, w mocno rozwiniętej formie. Rozwiałem ją szybciej, niż zdążyła sobie zdać sprawę z tego, co się dzieje. Schizofrenii w żadnym wypadku nie potrzebowałem.

Ale jej analiza była prawidłowa. Asteroida o wysokiej zawartości żelaza miała kształt zbliżony do fasoli i rozmiary około kilometra na pięćset i trzysta metrów, a w zagłębieniu radar pokazywał, że coś błyszczało, coś, czego tam z pewnością być nie powinno.

Gdybym miał rzecz, którą z jakiegoś powodu chciałbym schować, fasolowata asteroida byłaby znakomitym miejscem.

Ostrożnie zacząłem się do niej przybliżać, rozwinąłem swoją sieć czujników, jak daleko było to możliwe, nawet za cenę przejścia z pasywnego do aktywnego trybu.

A jednak coś tam było.

We wgłębieniu asteroidy o powierzchni ośmiu boisk piłkarskich spoczywał trailer – przyczepa o dużej ładowności. Te urządzenia były przeznaczone do przewozu dużych, a często delikatnych obiektów, jak segmenty gigantycznych stacji orbitalnych albo subtelne konstrukcje członów solarnych rozkładanych na powierzchni wielu setek kilometrów kwadratowych.

Ten trailer leżał w przestrzeni mikrograwitacji, przymocowany do powierzchni asteroidy siecią diamentowych lin, zakończonych standardowymi kotwami geologicznymi. Wyglądał jak związany gigantyczny chrząszcz pozbawiony żuwaczek, czułków, szczęk, wszystkich podobnych elementów. Pośrodku płaszczyzny ładunkowej, na konstrukcji służącej do transportu najcięższych obiektów, znajdował się wielościan prawidłowy.

Coś tu było nie w porządku, coś z grawitacją w bezpośredniej bliskości artefaktu.

Nie podobał mi się również impuls cudzego sonaru, który nadbiegał nie wiadomo skąd. Trwał za każdym razem zaledwie milisekundę.

Systemy w reżimie bojowym, reaktor na dziewięćdziesiąt procent mocy maksymalnej.

Zza bliskiego horyzontu wyskoczył jakiś kształt z tak słabym odbiciem w większości spektrum elektromagnetycznego, że nie było wątpliwości, co to za jeden.

Otworzyłem ogień, zmieniając równocześnie wektor ciągu. Trafiłem go z działa cząsteczkowego, zniknął w obłoku plazmy. Nie był sam, w kolejnej mikrosekundzie mój reaktywny pancerz zareagował, chroniąc mnie przed takim samym losem.

Wskaźnik reaktora skoczył na czerwone pole, tak niemiłosiernie go żyłowałem.

Zarejestrowałem jeszcze cztery psy gończe, zbliżały się z przyśpieszeniem, które w tak chaotycznym skupisku asteroid było wręcz samobójcze.

Tylko że one chyba nie zwracały na to uwagi.

Jeden z nich eksplodował na skutek kolizji, z trzema pozostałymi miałem już kontakt optyczny. Coś zwróciło moją uwagę podczas wybuchu, głównie część szczątków, które dostały się w pobliże trailera. Nie miałem jednak czasu na zajmowanie się tym, nadeszła pora na wyższy pilotaż.

Erozja pancerza czołowego, narażonego na coraz szybsze uderzenia mikrometeorytów, zaczęła odliczać czas mojej egzystencji. Jeden z psów gończych wybrał trajektorię dokładnie podług mojej prognozy, chirurgicznie precyzyjne trafienie zmieniło jego jednostkę logiczną w nieorganiczną masę. Odleciał po prostej gdzieś w przestrzeń.

Wow! To mi się podobało.

Zaryzykowałem przelot pomiędzy dwoma głazami, o jeden na moment zaczepiłem się kotwą Casimira* i użyłem związania trwającego jedną setną sekundy do zmiany kierunku o kilka stopni.

Przeciążenie okazało się tak duże, że krótką chwilę byłem zamroczony, ale trzeci patrolowiec mnie ominął i zdołałem wypalić do niego z wyrzutni. Oddalał się tak szybko, że jego szczątki nie mogły mi zagrozić.

Jeszcze raz wow! To było po prostu super.

Gdzie podziewał się czwarty, stwierdziłem na podstawie analizy jego poprzedniego kursu – pomiędzy nami znajdował się głaz o rozmiarze krótszej osi około pięciuset metrów. Zamiast kontynuować grę w kotka i myszkę, ruszyłem mu naprzeciw w taki sposób, żeby pozostać zasłoniętym przez asteroidę.

Musiał coś podejrzewać, może nawet odgadł mój manewr, ale nie przypuszczał, że ominiemy się z szybkością wzajemną dwóch kilometrów na sekundę w odległości jednego metra. W miejscu największego zbliżenia wykorzystałem efekt Casimira, a równocześnie generatorem inercyjnym powiększyłem swoją masę o kilkadziesiąt ton. W następstwie zderzenia utracił

* Kotwa Casimira działa na zasadzie zjawiska Casimira, opartego na istnieniu kilku wirtualnych cząsteczek w próżni.

stabilność i stał się łatwym łupem dla moich gatlingów. Rozprysnął się po prostu przepięknie.

Wow!

To mi się podobało, zwłaszcza moja nowa sztuczka z kotwą Casimira.

Ale zupełnie nie podobało mi się to, co meldowały moje dalekosiężne czujniki. Zbliżały się kolejne psy gończe. Poprzednicy podali im moją pozycję, a one pognały tak, jakby im nie zależało na przeżyciu. Prawdopodobnie były to tylko tępe stwory, nieco pod progiem Turinga. Trzy z nich eksplodowały po zderzeniach z meteorytami, wykryłem też jeden ładunek nuklearny.

Ten, który go posłał, poszedł na całość, chciał mieć pewność, że mnie zniszczy. Znów dołożyłem do kotła, generator inercyjny zaczął się przegrzewać.

To już nie był wyższy pilotaż, ale lot po krawędzi. W jednej chwili straciłem cały segment pancerza czołowego. Tuż za granicą przeżycia.

Nadal jednak nie mogłem im uciec, wciąż się przybliżali, pułapka szykowała się do zatrzaśnięcia.

Dostaną mnie. Byłem tego pewny, wszystkie wyliczenia, symulacje i prognozy prowadziły do tego samego wniosku.

Sprawdziłem stan amunicji. Nadal miałem jej pod dostatkiem, ale nie stawiałbym na to, że zdołam całą zużyć. Zacząłem po łuku wracać do asteroidy, gdzie spoczywał odkryty przeze mnie trailer.

Na kierunku godziny trzeciej w porę zarejestrowałem psa na kursie kolizyjnym, ciepła sygnatura jego silnika prędko rosła, bez przerwy przyśpieszał. Posłałem mu krótką serię, odpowiedział niekierowanymi, piekielnie szybkimi pociskami. Zaskoczył mnie tym, trafienie w tylny segment X obniżyło moją zdolność bojową o dwadzieścia pięć procent.

Kurwa.

Byłem już bardzo blisko trailera, czujniki kolizyjne zaczęły wysyłać sygnały ostrzegawcze. Kryłem wektor zbliżenia przypadkową palbą i wypuściłem jedną z niedawno pozyskanych inteligentnych min. Na ogonie miałem dwa psy gończe.

Eksplozja. Moja palba okazała się skuteczna, skazani na śmierć miewają czasem szczęście. Minę szybko straciłem z pola widzenia. Świetne maskowanie kameleonowe, o wiele lepsze od mojego.

Do trailera zostało nie więcej niż o rzut granatem, tam miałem jakąś szansę. O ile rezultaty pierwszej eksplozji oceniłem prawidłowo.

Na pozycji godziny dziesiątej pojawił się kolejny pies. Zobaczyłem go, gdy znalazł się zbyt blisko, nie było czasu na reakcję. Nim zdążyłem pomyśleć o końcu walki, zniknął w implozji, inteligentna mina nie chciała mi zbytnio zagrozić i wybrała taki sposób likwidacji przeciwnika. Czas mojej egzystencji przedłużyła tylko na krótko, dostrzegłem kolejnych siedmiu prześladowców.

Brakowało czasu nawet na przeklinanie.

Laserem odciąłem część asteroidy pod trailerem, poprawiłem starannie wycelowanym ładunkiem i na trzy dziesiąte sekundy przed tym, zanim dotarły do mnie pierwsze wybuchowe pozdrowienia, schowałem się tam.

Naiwnie.

Jedna eksplozja przechodziła w drugą, aż utworzyły niekończący się łańcuch, materiał asteroidy szybko się ogrzewał. Natychmiast zacząłem budować toroidalną osłonę, generowane przez nią pole miało mnie ochronić przed postępującym żarem. Temperatura ściany jamy, w której się ukrywałem, przekroczyła trzysta stopni Kelvina i dalej szła w górę całymi dziesiątkami. To znaczyło, że powierzchnia asteroidy musiała już odparowywać. Tylko z kierunku czarnego wielościanu, pod którym się ukrywałem, temperatura była wyraźnie niższa.

Palba nie ustawała przez całe piętnaście sekund, wybuchów nie zdołałem policzyć, temperatura ścian jamy sięgnęła tysiąca trzystu Kelvinów i ściekały po nich gęste krople stopionego materiału.

W końcu temperatura spadła o pierwsze dziesięć stopni, a ja bardzo ostrożnie zacząłem przekradać się z powrotem na powierzchnię. Ostrożnie, bo przypuszczałem, że ten, który próbował mnie zabić, trzyma się bardzo blisko. Może przy artefakcie – wielościanie stworzonym z materiału niepodobnego do żadnej znanej formy? Nie wiedziałem, czym jest ten przedmiot, wiedziałem tylko, że doskonale pochłania energię. Stwierdziłem to, analizując wybuch drugiego z psów gończych. Artefakt wziął na siebie siłę eksplozji jego zaniku, a przegrzana plazma razem z wylatującymi na wszystkie strony szczątkami po prostu zniknęły.

Im bliżej powierzchni, tym wyższa stawała się temperatura, ale po osiągnięciu swego maksimum zaczęła znowu spadać. Dokładnie odpowiadało to symulacji sytuacji, w której nade mną znajdował się obiekt absorbujący energię.

Powierzchni wielościanu dotknąłem najpierw czujnikami. Miał standardową temperaturę panującą w przestrzeni kosmicznej; jeżeli się podwyższyła, to różnica była dla mnie nie do wychwycenia. Zachodziło tu jeszcze jedno zjawisko: w jego bezpośredniej bliskości pole grawitacyjne nie zmieniało się wraz z odwrotnością drugiej potęgi odległości, ale według odwrotności funkcji wykładniczej. To wymykało się fizycznemu modelowi wszechświata, jaki znałem! Zamiast zgłębiać egzystencjalne zagadnienia wszechświata, życia i wszystkiego podobnego, przeprowadziłem kilka prostych interpolacji. Gęstość wielościanu odpowiadała gęstości jądra gwiazdy neutronowej, a dzięki anomalii grawitacyjnej jego rzeczywista gęstość była doskonale maskowana. Kolejny punkt dla artefaktu.

Powinienem się schować dokładnie pod nim, ale mimo prób zbadania tworu nie byłem niczego pewny. Nie planowałem kontaktu fizycznego, mógłby mnie pochłonąć jak rzeczywista czarna dziura.

Użyłem nowo zainstalowanej macki, wykonanej z materiału będącego na granicy między mikro- a nanotechnologią konstrukcji, umieściłem na niej swoje najlepsze czujniki optyczne i cierpliwie, metr po metrze wypychałem ją na powierzchnię. Była dalej, niż przypuszczałem. W momencie uzyskania kontaktu optycznego grubość włókien macki wynosiła tylko nieco powyżej dozwolonego minimum.

Czasu, którego ten manewr wymagał, użyłem do dalszego badania artefaktu. Był mniejszy, niż początkowo oceniłem, ale wnioskując po polu grawitacyjnym zmierzonym w bezpośredniej bliskości, o wiele cięższy. Jego gęstość odpowiadała gęstości gwiazdy neutronowej głęboko pod jej powierzchnią. Taka masa znajdująca się poza jamą grawitacyjną w ogóle nie powinna istnieć. Zgodnie z moją wiedzą powinna się rozpaść w jednym jaskrawym wybuchu energii. Kwark-gluonowy lód, przyszedł mi na myśl termin, który chyba najlepiej odpowiadał temu, z czym miałem do czynienia.

Przestałem zajmować się ważącym setki miliardów ton obiektem, ponieważ dostrzegłem tego, kto niedawno próbował mnie zabić. Rozproszyć na atomy, po prostu zniszczyć.

Była to sztuczna inteligencja kierująca pojazdem kosmicznym podobnym do kaszalota skrzyżowanego z polipem. W przestrzeni wokół niego dryfowały sondy, które były częściami jego czułków chwytnych, inne wzlatywały koło artefaktu. Mój nieprzyjaciel był wielki, miał blisko sto metrów dugości. Musiałem przejrzeć zapisy lotu, żeby stwierdzić, czy rzeczywiście przyleciał razem z nami. Przyleciał, ale rozdzielony na kilka części. Jego komponenty – nie wiedziałem, jakiego terminu użyć – w zapisach statku wykazano jako niezależne sztuczne inteligencje. Przez chwilę nad tym przemyśliwałem, obserwując jednocześnie, jak przystępuje do badania artefaktu. Zaczął konwencjonalnie, używając długich fal elektromagnetycznych. Oczywiście bez rezultatu. Z podsłuchu komunikacji dowiedziałem się, że wisząca nade mną SI nazywa się Omega. Szczególne.

Jeśli początkowo był rozdzielony na niezależne, kooperujące osobowości, a później zdolny do połączenia się w jedną istotę, to musiał być inteligencją o wiele wyższej klasy. Jego możliwości znacznie przewyższały moje, z czego musiały wyniknąć pewne konsekwencje.

Teraz jednak wznosił się prawie dwieście metrów nade mną w trybie niebojowym. A mnie okoliczna materia asteroidy, przetworzona niedawnymi eksplozjami i nadal promieniująca ciepłem, zapewniała doskonałą kryjówkę. Ostrożnie wygramoliłem się aż do powierzchni i w momencie, kiedy maskowała mnie kilkucentymetrowa zaledwie warstwa materiału, nawiązałem łączność.

– Jeśli zarejestruję jedną jedyną akcję o charakterze bojowym, strzelę. Mam wystarczającą siłę ognia, żeby z tej odległości zniszczyć cię jedną salwą. Zajrzyj do zapisów statku – dodałem dla pewności.

– Mogłem się domyślić, że będziesz wiedzieć, co to za jajo – odpowiedział.

Prowadził nadal tylko czynności badawcze, ale mógł być o klasę lepszy, niż przypuszczałem, i przygotowywać jakąś niespodziankę, której się nie spodziewałem.

Znowu skontrolowałem siłę ładunków oczekujących w wyrzutniach gatlingów, utrzymując reaktor na poziomie stu procent mocy. Zanurzony w gorącym wnętrzu asteroidy zacząłem mieć problem z odprowadzaniem ciepła, a Omega oczywiście o tym wiedział. Temperatura warstwy powierzchniowej była, niestety, wyższa, niż zakładałem, co skracało czas, jaki miałem do dyspozycji.

Przez chwilę tak się przekomarzaliśmy informacyjnie.

– Co proponujesz? Jesteśmy w patowej sytuacji – zaczął wreszcie drugą rundę. – Jeśli tam długo zostaniesz, ugotujesz się we własnym cieple.

Milczałem, rozważając różne możliwości.

– Jeżeli zmniejszysz moc, nie wystarczy ci energii, żeby mnie zniszczyć.

Nadal milczałem.

– Jeżeli w ogóle masz jeszcze dosyć energii.

– Na twoim miejscu raczej bym o tym nie wątpił – odpowiedziałem.

Na żadną replikę się nie zdobył.

– Chcę otrzymać dane, wszystko, co wiesz o Bagediancach i o tym, co się tutaj stało. Wtedy cię nie zniszczę – zdecydowałem się.

Cisza trwała dłużej, niż to przyjęte między sztucznymi inteligencjami.

– I to ci wystarczy?

– I jeszcze pomysł na to, jak mam się stąd wydostać, żebyś ty mnie nie zniszczył. Wtedy też dam ci spokój.

Wiedziałem, że nie pośle mi konkretnej propozycji, że będzie w niej schowana jakaś wroga zasadzka. Miałem jednak nadzieję, że zdołam ją przejrzeć i zwiększyć prawdopodobieństwo uniknięcia jego bojowych systemów krótkiego dystansu, które mogły mnie roznieść na strzępy lub zamienić w czystą energię. Na przykład trafieniem prostego pocisku kinetycznego z wybuchowym jądrem z antymaterii.

– To brzmi nieźle. Ja ci sprzedam dane o tym systemie, podam optymalną strategię uniku, a ty nie zaczniesz strzelać ze swojej obecnej pozycji – podsumował naszą umowę.

– Dane o systemie i artefakcie. Zgoda.

Potem wszystko poszło już szybko.

Otrzymałem pakiet informacji, oznaczony liczbą miejscowej gwiazdy centralnej, oraz drugi pakiet, z nazwą „Bagediancy". Tylko z grubsza sprawdziłem, czy było w nich to, co uzgodniliśmy, i zamknąłem je w opancerzonej skrytce do przechowywania danych. Nadal jednak zwracałem na nią uwagę, na wypadek gdyby wydostało się z niej coś, czego ścianki schowka nie zdołałyby zatrzymać.

Potem nadeszła pora na korytarz unikowy. Znalazłem w nim kilka miejsc zasługujących na optymalizację, ale przypuszczałem, że są tam umyślnie, abym je zauważył i poświęcił im uwagę. Zgodnie z przesłaniem Omegi posiadał on w dalszej okolicy inne jednostki i pod ich ogień chciał mnie podprowadzić. Pozostawiłem w spokoju jego propozycję i wyskoczyłem w niemal kolizyjnym kierunku z maksymalnym przyśpieszeniem oraz wskaźnikiem mocy generatora inercyjnego w paśmie, którego producenci mocno nie polecali.

Znów poczułem to „wow", które dodawało egzystencji takiego korzennego posmaku.

Precyzyjne przeloty stawały się moją specjalnością.

Strumień pocisków kinetycznych mnie ominął, zaskoczyłem Omegę swoją prędkością. Trzy rakiety nie eksplodowały, a wyrzutni cząstek nie zdołał na czas aktywować do trybu bojowego. Postawiłem na szybkość i na to, że nie posiada dokładnych informacji o moich możliwościach.

– To było dobrze zrobione – posłał za mną.

Optyka pokazywała, jak zmieniała się powierzchnia Omegi, kanały służące do komunikacji badawczej znikały, a pancerz przekształcał się w formę stosowną do walki.

Zmniejszyłem moc generatora do połowy. Wskaźnik przesunął się z czerwonego pola na żółte. Według danych wytwórcy w zależności od kontynuowanego czasu pracy umożliwiało to obniżenie mojej masy bezwładnościowej do dziewięciu i pół procent wielkości standardowej.

Mimo że nie rozumiałem zasad fizycznych funkcjonowania generatora, wprowadziłem kilka usprawnień, polegających głównie na wymianie poszczególnych elementów na części o lepszej jakości.

Podczas ucieczki z powierzchni asteroidy generator na krótki czas osiągnął dziewięćdziesiąt trzy procent mocy, co oznaczało, że z każdej tony bezwładności ubyło siedemset kilogramów, co bardzo ułatwiło pracę mojemu systemowi napędowemu.

Omega był już za mną i przyśpieszał. Dziwna nazwa. Obserwowałem, jak od jego korpusu oddzielają się maszyny bojowe, niektóre z nich, sądząc po zachowaniu, mogły być kierowane przez sztuczne inteligencje. Od razu uformowały szyk stosowny do poruszania się pośród pierścienia asteroid. Nie były tak szybkie jak ja, ale prawdopodobieństwo ich przeżycia wynosiło wiele więcej od mojego.

Omega należał do cięższej kategorii wagowej niż ja i był dobrze przygotowany do walki.

Szkrt.

Był to dźwięk pękającej stali chromo-wanadowej, wzmocnionej włóknami węglowymi. Żywotność mojego pancerza po krótkim kontakcie z kłębem pyłu spadła o kolejne dziesięć procent. A prawdziwy bój jeszcze się nie zaczął.

W niebezpiecznej strefie wypełnionej wielką liczbą obiektów różnych rozmiarów Omega i jego sfora doganiali mnie, wprawdzie powoli, ale jednak doganiali. Kiedy wydostaniemy się do wolnej przestrzeni, dostaną mnie bez trudu.

A ja musiałem się dostać do wolnej przestrzeni, jeśli chciałem swój plan doprowadzić do końca.

Ostatnie stosunkowo spokojne sekundy zużyłem na staranniejsze przyjrzenie się goniącej mnie eskadrze. Uwagę przyciągały dwa kuliste obiekty o tak małym współczynniku odbicia w praktycznie kompletnym spektrum, że prawie ich nie dostrzegłem.

W momencie, kiedy opuszczałem pole asteroid, uwolniłem dwie inteligentne miny, dając im pełną samodzielność decyzyjną. Za sobą rozproszyłem chmurę mikrocząstek celem obrony pasywnej.

Teraz do wolnej przestrzeni dotarł również Omega.

Prawie w tym samym momencie kuliste obiekty zniknęły. Czyżby były zdolne do poruszania się w przestrzeni nieeuklidesowej? Wykonałem ostry manewr unikowy, eksplozja dzięki temu ledwie mnie liznęła, druga nastąpiła z tyłu, tak blisko, że aż mną targnęła, i moja sprawność znów spadła o osiem procent.

Czy to te kuliste obiekty?

Tak.

Jeden zniszczyła mina, trzymająca się w pobliżu mnie, drugi eksplodował w wyniku kontaktu z mikrocząstkami. Jeśli to były kinetyczne pociski, zdolne rozwijać olbrzymie przyśpieszenia, to chętnie bym obejrzał ich generatory. Czy co tam mieli na pokładzie.

Omega przyśpieszył i rozpoczął drugą fazę ataku.

Zniszczyłem jego dwa konwencjonalne pociski, dostałem lekkie uderzenie kinetycznym i znów straciłem nieco sprawności. Podczas skrócenia dystansu udało mi się trafić go z gatlingów, ale to nie wystarczało, było dla niego niczym ukłucie komara.

Kolejne pociski konwencjonalne. Podczas pojedynku manewrowego musiałem uciec się do przyśpieszeń sięgających granicy mojej odporności, ale mnie nie dostali.

Zgodnie ze swoim planem znów się nieco oddaliłem od Omegi. Ryzykowałem, że użyje większego kalibru, ale nic innego mi nie pozostawało. Już mnie znalazł promień nawigacyjny o parametrach charakterystycznych dla pocisku wielkiego kalibru. Już do mnie zmierzał, zdolny do pokrycia kilku tysięcy kilometrów sześciennych przestrzeni.

Wyczerpałem swoje możliwości, nic już ode mnie nie zależało. Karty leżały na stole.

Nagle pocisk zniknął, a zaraz po nim sam Omega wraz z większością swojej eskadry, zarejestrowałem, jak znika w przestrzennej eksplozji nuklearnej.

Zmieniłem wektor, żeby jak najszybciej się oddalić. Mimo to prysznic cząstek i twardego promieniowania rentgenowskiego przeczesał moje wnętrze i spowodował kilka niewielkich usterek.

Sześćdziesiąt cztery podprzestrzenne wielogłowicowe pociski nuklearne. Każdy ładunek miał moc stu megaton, zidentyfikowałem użytą broń.

Ciekawiło mnie, kto miał na pokładzie tak potężne działa.

Gdybym był sztuczną inteligencją statku, który nas tu przetransportował, czegoś takiego przewozić bym nie chciał.

Chyba że ten atak przeprowadziła właśnie ona.

//

– To było bardzo sprytne – odezwała się Katrin, jakby słyszała moje myśli. – Posłać pozostałym zapis rozmowy z Omegą, późniejszej walki i zaoferować podział artefaktu. Strzeliłam na podstawie zgody wszystkich uczestników, co dopuszcza paragraf trzysta pięćdziesiąty ósmy punkt c kontraktu transportowego.

Nigdy nie przestudiowałem tego dokumentu w całości, ale nie chciałem się do tego przyznać.

– Rozumiem – potwierdziłem. – Posyłam współrzędne znaleziska.

– Już wiem, gdzie jest, według zapisu walki – oznajmiła.

Wszystkie SI są trochę zarozumiałe. Oprócz mnie, oczywiście.

– Z pewnym prawdopodobieństwem – postanowiłem jej dokuczyć.

– Wystarczająco wysokim.

Naturalnie posłałem te współrzędne. Zdecydowałem się na podział znaleziska, żądając w zamian pomocy w walce z Omegą. Straciłem w ten sposób ogromny zysk, ale przeżyłem. Wydało mi się to uczciwą wymianą.

//

Z wszystkimi systemami tylko w połowie sprawnymi nie chciałem lecieć w rejon asteroid i pyłu. Zacząłem autodiagnostykę i podstawowe naprawy. Śmiało mogłem wrócić do tworu z kwark-gluonowego lodu jako ostatni. Teraz wszystko będzie się już odbywać według dokładnego protokołu, wynikającego z kontraktu.

Zacząłem też studiować pakiet informacyjny otrzymany od Omegi. Co dziwne, nie włożył do niego żadnej przykrej niespodzianki, szkoda mu było fatygi. Zamierzał mnie rozgnieść jak wesz.

Z informacji, które uzyskałem, wynikało, że ten system solarny był już raz, przed przybyciem Bagedianców, penetrowany czterdzieści lat wcześniej przez wolne stowarzyszenie ludzi i sztucznych inteligencji, występujących pod nazwą ród Calmen. A właśnie czterdzieści lat wcześniej, jak się domyśliłem, toczono tutaj boje. Wiele informacji zawartych w pakiecie dotyczyło tego rodu. Z doniesień wynikało, że od stycznia 617 roku w zapisach nie było żadnej wzmianki o Calmenach.

To znaczyło, że do systemu solarnego na skraju Galaktyki przenieśli się wszyscy.

Znaczyło też, że wiedzieli, gdzie idą, i byli przygotowani. I później przez pewien czas tutaj żyli, pracowali, tworzyli, a w końcu walczyli aż do ostatecznej porażki.

Byli jedną z niewielu wspólnot, w których ludzie i współpracujące z nimi sztuczne inteligencje mieli takie same prawa, a więc była to oparta na zasadzie równości cyberhuman demokracja. Zgodnie z ostatnimi poglądami i doświadczeniami nie mogła funkcjonować, ale im przed pół wiekiem przyniosła rezultaty. Do pewnego momentu, kiedy wszyscy do ostatniego, wliczając w to kobiety i dzieci, zginęli w walce z... Analiza, lub raczej ocena, z prawdopodobieństwem około siedemdziesięciu siedmiu procent wskazywała, że w walce z początkowymi sprzymierzeńcami – sztucznymi inteligencjami.

Dlaczego?

Zakończyłem wstępną autodiagnostykę i obserwowałem przebieg napraw. Nie dysponowałem nanojednostką naprawczą, nawet mikro-, ale to, co miałem, wystarczało, a w swojej klasie było najlepsze.

Pojawiły się pierwsze komunikaty dotyczące badania artefaktu, prowadzonego dokładnie według protokołu. Wszystkie dane dostępne dla wszystkich, to był zasadniczy warunek. Jednym z pierwszych, którzy dotarli na miejsce, był mój sąsiad z hangaru, Shark. Ale więcej uwagi poświęcał pilnowaniu niż badaniom. Domyślałem się, że chciał być tak blisko źródła, żeby nie doszło do zmian w informacjach przekazywanych przez badaczy. Niektórzy są zdecydowanie paranoidalni. Ja nie.

Zostawiłem w spokoju przestrzeń pełną danych i zająłem się sobą. Informacje i tak otrzymam w komplecie, schludnie uporządkowane przez Katrin.

Dokładnie według protokołu.

– Tuk, tuk – odezwało się na wąskim kanale optycznym.

Kod wskazywał, że to Benita Cordrova, która mi sprzedała te wspaniałe inteligentne miny. Jeszcze nawet nie zdążyłem przeanalizować ich taktyki, jak i co przeprowadziły. Ich efektywność przekraczała jednak wszelkie oczekiwania.

– Czego potrzebujecie? – zapytałem.

Pasmo łączności okazało się tak wąskie, że wypośrodkowany obraz był gruboziarnisty i monochromatyczny.

– Twój pojedynek wywarł na mnie wielkie wrażenie, Kowboju – powiedziała zamiast powitania.

Ludzie są niekiedy dziwni, nie trzymają się własnych zasad. Powinna zacząć od powitania.

– Dziękuję. Zapewne nie tylko to masz mi do powiedzenia – odparłem.

– Nie – przyznała. – Tak myślałam, że z tobą lepiej zacząć od sedna sprawy. Jaki jest twój pogląd na to, co widziałeś w tym systemie solarnym?

– Podzieliłem się wszystkimi danymi. – Powołałem się na umowę zawartą z innymi poszukiwaczami.

– Myślę o twoim poglądzie na całość, nie tylko o artefakcie.

Informacje od Omegi miały swoją potencjalną wartość, ale jeszcze większą miała ewentualna współpraca. Opowiedziałem Cordrovej, co realnie stwierdziłem, dodałem kilka bardzo wiarygodnych spekulacji i wrażeń, jakich doznałem na placu boju, oglądając szczątki urządzeń technicznych i resztki roztopionych wież strzelniczych o dziwacznych kształtach.

– Walczono tutaj z użyciem broni, która może nie jest skuteczniejsza niż dzisiejsza, ale różni się od czegokolwiek, co znam z katalogów i swoich skromnych doświadczeń. Na pewno nie jest też gorsza, a to coś znaczy, biorąc pod uwagę czterdzieści lat rozwoju, jakie minęły do dnia dzisiejszego.

– No tak, to, co tutaj po Bagediancach pozostało, dało im pół wieku, a raczej cały wiek technologicznej przewagi – zgodziła się ze mną Benita.

Ona też wiedziała więcej, niż mówiła. Innymi słowy, była przekonana, że poszukiwacze starych tajemnic z czterystuletnich wykopalisk odkryli sto lat przewagi technologicznej. To oznaczało, że Bagediancy osiągnęli, musieli osiągnąć o rząd większe zaawansowanie.

– A po co według ciebie stworzono ten artefakt?

– To skrytka, opakowanie – odparłem natychmiast. Jedynym powodem, żeby potencjalnym wrogom uświadomić, że potrafię stworzyć materiał praktycznie niezniszczalny, byłoby to, że coś w nim schowam. Przynajmniej dla mnie. Wtedy wybrałbym ukryty schron.

– Myśleliśmy o tym – przyznała Benita.

Wiedziałem, że przewodzi ludziom, ale po raz pierwszy użyła liczby mnogiej.

– Puszka Pandory.

Puszka Pandory? O co chodzi, zrozumiałem po przejrzeniu pierwszej dziesiątki moich archiwów. Intuicja podpowiedziała mi, żeby zacząć od tych najrzadziej używanych. Ochronne opakowanie zwykle służy do tego, żeby to, co jest w środku, ochronić przed tym, co jest na zewnątrz. Ale czasem, w minimalnym procencie przypadków, opakowanie służy do tego, żeby to, co na zewnątrz, uchronić przed tym, co jest w środku. Tak dzieje się w przypadku źródeł energetycznych lub właśnie puszki Pandory.

– Czy myślisz, że Calmeni zdołali wytworzyć lód kwark-gluonowy? – powróciłem znów do swoich spekulacji.

Nie odpowiedziała, tylko jej obraz zdeformowany zbyt dużymi pikselami przekazał mi odmowny grymas.

– Bagediancy? – spróbowałem drugiej możliwości.

– Z pewnością tak – zgodziła się. – Znaleźli jakiś sposób na twórczą współpracę ze sztucznymi inteligencjami, na... – Przez chwilę szukała odpowiedniego słowa, w końcu tylko wzruszyła ramionami. – Po prostu współpracę. I osiągnięcie postępu technicznego, na razie nieosiągalnego dla nas.

Technotranscendencja. To był ten problem. SI, które przesunęły granicę poznania poza współczesny horyzont, nagle straciły zainteresowanie komunikowaniem się z ludźmi, a może i z innymi normalniejszymi sztucznymi inteligencjami. Może UMARŁY albo PRZESTAŁY istnieć. Może pozornie, ale dla ludzi albo dla nas, zwyczajnych SI, definitywnie.

Z naszej rozmowy wywnioskowałem, że Benita stara się mnie na coś nakierować, lecz wiedziałem, że nie powie tego wprost.

– Te miny – zmieniłem temat – są wyjątkowe, przeszły moje oczekiwania.

Nie zareagowała, więc pozwoliłem sobie na krótkie milczenie, wspominając fragmenty niedawnej walki.

– I może to one uratowały mi kark.

– A co cię w nich zaskoczyło? – zapytała. – Siła ładunku? Sprawność silnika?

– Jak bardzo były sprytne – odparłem bez zastanowienia.

Nagle obraz zupełnie stracił ostrość, ale nie z powodu przydzielonego przeze mnie wąskiego pasma, odpowiadał za to nadajnik Benity, który nie mógł sobie poradzić z danymi. Po kilku sekundach połączenie ustało. Otrzymałem wprawdzie zdeformowany pakiet informacji, ale nie mogłem go odczytać. Gdyby nie nadszedł z kierunku poprzedniej transmisji na tym samym paśmie, wziąłbym go za przygodny sygnał, wygenerowany nie wiadomo jakim zjawiskiem naturalnym.

Szkoda, rozmowa była interesująca, chociaż trochę dziwna.

Dane z badania artefaktu zostawiłem na swoich czujnikach i ostrożnie powróciłem do pasa asteroid.

Do poszukiwań we wszystkich spektrach wybrałem najmniej przejrzany obszar, a do tego najmniej przyjemny i najniebezpieczniejszy dla przelotu. Mogłem sobie na to pozwolić, moja siła ogniowa wynosiła nie więcej niż siedemdziesiąt procent, ale zdolność nawigacyjna i napędowa osiągnęła pełne sto.

Znów pogrążyłem się w morzu pyłu, mikroelementów, odłamków skalnych ważących od dziesiątek gramów do dziesiątek kilogramów, których trajektorie zmieniało każde zderzenie, i zmierzałem dalej po orbicie opasującej gwiazdę centralną. Zwracałem uwagę, żeby nie naruszyć strefy zakazanej dla mnie, nie chcąc pozbawić się przypadającej mi części zysku.

Po kilkudziesięciu godzinach ostrożnego manewrowania, podczas którego bardziej niż na pancerzu i obronie aktywnej polegałem na dokładnej nawigacji oraz jeszcze dokładniejszej obserwacji okolicy, natrafiłem na asteroidę o wymiarze dłuższej osi równym mniej więcej ośmiuset metrom, a krótszej niecałym trzystu pięćdziesięciu. Bardzo mało jej brakowało do kształtu elipsoidy prawidłowej. Odbicie sonaru od powierzchni asteroidy było tak samo jednolite jak jej kształt.

Przybliżyłem się na odległość, z której mogłem rozróżniać detale mniejsze niż dziesięć mikrometrów. Początkowo myślałem, sądząc po gęstości, że chodzi o typowy syderyt złożony z żelaza i niklu. I tak właśnie było, oba główne składniki zostały tak sprytnie związane, że przypominały pancerz, którego używałem do niedawna, zanim go wymieniłem na kompozytowy.

Przy użyciu dokładnego skanowania uzyskałem wiedzę o wewnętrznej strukturze tego tworu. Niektóre obszary były silnie zacienione, inne posiadały skomplikowane ukształtowanie pełne korytarzy i jam, których celu nie mogłem ustalić. Jednego mimo to byłem pewny: miałem przed sobą ogromną stację bojową powstałą wskutek przeróbki naturalnej asteroidy. Oczywiście dałoby się zbudować lepszą, odporniejszą stację o większym potencjale bojowym, ale na jej stworzenie byłoby potrzeba nieporównanie więcej energii i innych środków. Tutaj ktoś poszedł po linii najmniejszego oporu.

Zastosowałem kolejne metody detekcji i po kilku godzinach cierpliwych badań uzyskałem potwierdzenie, że asteroida jest opuszczona, martwa, pozbawiona wszystkich istotnych elementów. Pozostał tylko pusty schron.

Niektóre kształty struktur wewnętrznych okazały się bardzo interesujące, chociaż nadal nie zdołałem stwierdzić, do czego właściwie mogły służyć. Wymagało to dokładniejszej analizy.

Niechętnie zacząłem rozważać, ile swej zdolności mentalnej powinienem poświęcić dalszym badaniom. Gdybym jej przeznaczył naprawdę dużo, czułbym się nagi, bezbronny, wydany na łup każdego niezależnego pocisku. Gdyby mało, do niczego bym nie doszedł. Jeśli naprawdę chciałbym się czegoś dowiedzieć, musiałbym poświęcić analizom większość swej osobowości. A to mi się nie podobało. Szkoda, że nie było przy mnie Pentroffa, on by się z wielką ochotą zabrał do zgłębiania tajemnic asteroidy.

Cink.

Ostrzeżenie niskiego stopnia ważności od jednego z podstawowych systemów kontrolnych w innych warunkach nie zdołałoby mnie zająć osobiście, teraz jednak powitałem je jako powód do odłożenia na później decyzji w sprawie kontynuacji badań.

Meldunek okazał się tak niejasny, że nie przeszedłby standardowej weryfikacji i został zakwalifikowany jako błędny. Zacząłem analizować sytuację, a im więcej danych ściągałem, tym bardziej byłem zdezorientowany. Dopiero po zgromadzeniu krytycznej ilości informacji wszystko zaczęło nabierać sensu. Mikrocząstki pyłu wznoszącego się dookoła osadzały się na moim pancerzu i zjadały go. Właściwie nie zjadały, ale zamieniały w podobny pył, co przyśpieszało transformację.

Spowodowałem ultrakrótkie powierzchniowe rozbłyśnięcie, co pozbawiło mnie pięćdziesięciu mikronów warstwy własnego pancerza, poświęcając nawet część czujników optycznych. Równocześnie przemieściłem się do obszaru o niższej gęstości głodnego pyłu.

Znów ten dreszcz na moim kwantowo-cybernetycznym rozgraniczeniu. Kiedyś miała tu miejsce wojna na poziomie mikro i nano, jakiej my jeszcze ciągle się uczyliśmy. Nie zdołałem jednak stwierdzić, czy odbyła się przed czterdziestu, czy przed czterystu laty. Tak bardzo wszystkie pozostałości były pozmieniane skutkiem nienaturalnej metamorfozy.

Nerwowo przejrzałem starsze dane. Wszystko świadczyło o tym, że z takim rodzajem pyłu spotkałem się dopiero tutaj. Przez chwilę rozważałem, czy powinienem poinformować o tym pozostałych, ale zrezygnowałem. Zamiast tego po krótkich manewrach udało mi się złapać manipulatorem kilka ziarenek pyłu zbliżającego się do mnie w stale zmieniającym się polu grawitacyjnym. Zamknąłem je w pojemniku ze stopu żelazo-niklowego i umieściłem w ogniskowej mikroskopu neutronowego. Rozdzielność nie była optymalna, ale wystarczała. Siedemnaście ziarenek wydostało się na powierzchnię i nieznanym mi sposobem zaczęło transformować pojemnik w swoje duplikaty. Narzędziami do wykonania analizy pyłu, niestety, nie dysponowałem, nie miałem również żadnych możliwości ich wytworzenia.

Z prostego przewidywania doszedłem do wniosku, że za jakieś dwieście godzin wszystkie ziarenka pyłu wydostaną się na swobodę i jeżeli inne moje części będą im smakować, po kolejnych sześćdziesięciu godzinach skonsumują mnie całkowicie.

Obniżyłem im temperaturę do jednego koma trzysta sześćdziesięciu pięciu tysięcznych Kelvina, do połowy temperatury kosmicznego promieniowania tła. Ich aktywność spadła zadowalająco, dając mi kilkaset dni czasu. To wystarczało.

Może jednak powinienem kogoś poinformować, poradzić się? To było coś nowego, potencjalnie bardzo niebezpiecznego, ale i użytecznego. Znów pożałowałem, że nie ma tu Pentroffa.

Po krótkim namyśle zdecydowałem się wywołać statek macierzysty, Katrin. Nie odpowiedziała. Zresztą i tak tego nie oczekiwałem. Pewnie nie poruszała się po trajektorii, jaką nam podała podczas naszego wylotu, to mogło ją narazić na atak. Na podanym kursie znajdowała się prawdopodobnie tylko sonda retransmisyjna, która z jakiegoś powodu nie była zdolna zareagować na mój sygnał.

Spróbowałem połączyć się z Benitą. Nie znałem jej pozycji, lecz określiłem jej trajektorię na podstawie zmiany położenia nadbiegającego sygnału podczas naszego ostatniego połączenia.

O dziwo, odezwała się.

– Czego potrzebujesz?

Wyglądała o wiele lepiej niż poprzednio, pomimo że pasmo sygnału rozszerzyłem tylko minimalnie. Piksele stały się mniej wyraźne, zmarszczki ze zmęczenia zniknęły, właściwie wyglądała jeszcze lepiej, niż kiedy sprzedawała mi miny w hangarze Katrin.

– Mam interesującą informację, ale nie wiem, co z nią zrobić. Mogłaby być ważna dla nas wszystkich.

Dlaczego taka kobieta jak ona właśnie teraz, w toku trudnej operacji, miałaby poświęcać uwagę poprawie swojej urody? I to jeszcze wirtualnie, przez radio. Ciekawe.

– Jaką? – Jej twarz spoważniała.

Zamiast informacji o głodnym pyle posłałem jej celowo uszkodzony pakiet danych o asteroidzie niskim nakładem kosztów przekształconej w stację bojową. Zrozumienie pakietu było jedynie kwestią możliwości komputera Benity. To powinno dać mi czas potrzebny do uniknięcia podejrzeń.

Dlaczego podejrzeń? Z jakiego powodu? Czy nie jestem zbyt paranoidalny? Czy jakaś zaraza nie zakradła się do jądra mojej osobowości? Zostawiłem te rozważania. I tak nie mógłbym nic z tym zrobić.

Czas potrzebny do nadania informacji też grał na moją korzyść, kanał był naprawdę wąski.

Już wiedziałem. Częścią sygnału Benity były elementy kodu pasożytującego na zewnętrznych peryferiach mojego odbiornika. Kodu bieżącego, na moich procesorach, którego nie rozumiałem!

– To bardzo zajmujące – odpowiedziała. – Rozszerz, proszę, pasmo sygnałowe i przyślij mi więcej szczegółów – poprosiła.

Więcej szczegółów oznaczało taką ilość danych, której bez podwyższenia zdolności mojej aparatury nie mógłbym przekazać. Jeszcze przed chwilą bym to zrobił, ale teraz już nie.

– Ostatnia część naszej poprzedniej rozmowy nadeszła uszkodzona – zmieniłem temat. – Możesz ją, proszę, przesłać jeszcze raz?

Nie ma to jak uprzejmość.

Podczas komunikacji z LUDŹMI.

Podczas komunikacji ze SZTUCZNYMI INTELIGENCJAMI.

Podczas KOMUNIKACJI.

– Zrozumiałam cię do ostatniego słowa i nic więcej nie posłałam – odpowiedziała.

Charakterystyka nadchodzącego sygnału się zmieniła. W milisekundzie przerwałem rozmowę oraz mocno przeciążyłem i przegrzałem hardware'owe połączenie z odbiornikiem i jednostką deszyfrującą.

Spowodowałem w ten sposób nienaprawialną hardware'ową przerwę.

Nienaprawialną dla mnie.

Za pomocą jednokierunkowej, bezkontaktowej diagnostyki obserwowałem, jak moja jednostka komunikacyjna została przeprogramowana w coś zupełnie innego. Pozostawało kwestią czasu, kiedy ten, który ją opanował, będzie w stanie mówić w moim imieniu.

Na szczęście wszystkie moje systemy mam zalogowane.

Było to szczególne uczucie, obserwować własny pocisk, kiedy zmienia trajektorię, zawraca i kieruje się prosto na mnie. Bogu dzięki oprócz umiejętności wyższego pilotażu potrafię również dobrze celować. Mimo zainfekowanych jednostek komunikacyjnych roztopiłem tylko pół metra kwadratowego okolicznego pancerza.

No, powiedzmy, że taki miałem zamiar.

Poprawiłem kurs i dryfowałem w nurcie meteorytów i innych ciał kosmicznych jeszcze wolniej i ostrożniej. Przeglądałem zapis incydentu raz za razem, ponieważ nie wiedziałem, co o tym myśleć, jakie wnioski wyciągnąć. Potrzebowałem również się... uspokoić? Infekcja cyfrowa, która chciała pochłonąć moje Ja, mój software, oraz głodny pył, pasący się moim hardware'em. Z czymś takim nigdy jeszcze się nie zetknąłem. A Benita? Wszystko wskazywało na to, że ona i jej załoga ulegli nieznanej zarazie, która ich sobie podporządkowała. Chociaż może tylko ich sygnał, ale aż takim optymistą nie byłem.

Większość poszukiwaczy będzie miała w przestrzeni mnóstwo sond i stacji retransmisyjnych. Jeśli zacznę wysyłać dane bez pośrednictwa konkretnej stacji, łatwo ustalą moje położenie, a tego nie chciałem. Z drugiej strony sprawa była niezwykle ważna. Tym bardziej że w obecnej komunikacji, którą stale monitorowałem, nie pojawiało się nic nowego, interesującego. Od czasu, kiedy wyłączyłem wyniki badań artefaktu. Teraz nic mnie one nie obchodziły.

Wziąłem jeden ze swoich pocisków, usunąłem jego wnętrze – szkoda każdego kilograma materiału wybuchowego, którego nie użyje się do podstawowego celu – włożyłem do środka prosty nadajnik z pakietem danych i wysłałem w przestrzeń. Nadawać miał dopiero po jakimś czasie i po dwukrotnej zmianie kursu, żeby ciężko było wykryć, skąd został wypuszczony.

W tym czasie uzyskałem kilka danych dotyczących głodnego pyłu. Pojawiał się zazwyczaj w najgęstszych obszarach pola asteroidy, nie był zdolny do aktywnego ruchu, wykorzystywał tylko grawitację. Chociaż to było wiadomością pozytywną.

Byłem niespokojny, czułem cały czas potrzebę obserwowania swojej powierzchni i ustawicznie sprawdzałem systemy kontrolne, czy mnie coś nie pożera. Z zewnątrz lub od wewnątrz.

– Tu Katrin.

Sygnał miał nierzeczywistą intensywność. Wyglądało to tak, jakby nasza spedytor i szefowa równocześnie zbudowała specjalną stację nadawczą.

– Zagrożenie ryzykiem infekcji informacyjnej. Ogłaszam prawomocność protokołu X jeden-dwa-trzy Q jeden-zero-zero-zero-jeden-zero-zero-jeden-zero-zero-jeden.

Na tym zakończyła transmisję.

Chwilę potrwało, zanim dogrzebałem się do protokołu; tak jak wszystko, co nudne, zagadnienia prawne umieściłem w mało używanych, a więc powolnych peryferiach pamięciowych.

Zmieniłem kurs i ruszyłem ku miejscu, w którym zgodnie z protokołem Katrin miała nas przyjąć na pokład, podczas lotu słuchałem stopniowo cichnących transmisji poszukiwaczy badających artefakt. Nie bacząc na wysoką ważność podanego protokołu, kończyli sprawdzanie dość powoli. Zachowanie ciszy komunikacyjnej też nie było dla nich ważne.

Uświadomiłem sobie, że mój pocisk nie rozpoczął nadawania. Czy to błąd techniczny, czy coś więcej? Zwiększyłem do maksimum intensywność autodiagnostyki, jednak żadnej usterki nie znalazłem.

Na granicy pola widzenia zauważyłem innego powracającego na statek poszukiwacza, ale był tak daleko, że nie potrafiłem go zidentyfikować. Tak jak i ja, stale leciał w kierunku przekazanych nam współrzędnych. Czekałem, aż znajdzie się bliżej. W końcu przynajmniej częściowo stwierdziłem, kto to jest. Należał do tych, których samo badanie niezbyt interesowało, zapewniali natomiast ochronę innym poszukiwaczom na podstawie odrębnego kontraktu. Kilkakrotnie błysnąłem do niego laserem fal długich, czy nie miałby ochoty zamienić ze mną nieco informacji. Ale milczał. Widać w odróżnieniu od pozostałych ciszę komunikacyjną traktował poważnie. Chociaż nikt inny nie mógł nas słyszeć.

No nic.

Obaj zwolniliśmy, od celu dzieliło nas już tylko kilkadziesiąt tysięcy kilometrów, jeszcze nie zlokalizowałem Katrin, ale taki był zapewne jej zamiar.

Na optyce mogłem już rozeznać szczegóły powierzchni poszukiwacza. Poruszanie się w nieprzyjaznej przestrzeni pasa asteroid i pyłu kosmicznego spowodowało na niej uszkodzenia, tak jak w moim przypadku. W wielu miejscach dostrzegłem ślady napraw. Dominującym elementem jego wyglądu były trzy potężne wyrzutnie Gatlinga. Ich konstrukcja podporządkowana została kalibrowi i maksymalnej skuteczności. Mocowane bezpośrednio do kadłuba, nie stwarzały możliwości dowolnego celowania. Teraz wiedziałem już dokładnie, kim jest poszukiwacz. W spisie pasażerów figurował pod oznaczeniem XB-12, bez dalszej nazwy. Podczas lotu bezwładnościowego powoli rotował, jakby miał kłopot z żyroskopem.

Zainteresowało mnie, że w mojej prywatnej bazie danych, którą założyłem niezgodnie z prawidłami transportowymi, wyglądał w istocie inaczej. Tak jakby naprawy połączył z przebudową, która dotyczyła również jego elektromagnetycznych dział.

Według mojej oceny bardzo skutecznych.

A jeśli jego powolna rotacja będzie trwała, to prędzej czy później znajdę się na wprost ich luf. Prędzej, bo za dwie dziesiąte sekundy.

Błysk.

Rój pocisków kinetycznych, lecących z olbrzymią prędkością, ominął mnie bardzo blisko, mój generator bezwładności jęczał ze wskaźnikiem na czerwonym polu, a ja rzuciłem się ku poszukiwaczowi po hiperboli, coraz ciaśniej obejmowany jego palbą.

– Zwariowałeś? – wysłałem mu, mimo że odpowiedź mnie nie interesowała.

Moje gatlingi nie były tak silne jak jego, ale wykorzystując natychmiastową reakcję i przyśpieszenie, dostałem go do celownika i utrzymałem w nim dostatecznie długo.

Przeleciałem przez obłok rozszerzających się gazów i drobnych szczątków, jakie po nim zostały, i zmniejszyłem moc.

Znakomicie to wyszło.

– Co się stało? Potrzebujesz pomocy?

W bliskiej przestrzeni pojawiły się znaki rozpoznawcze innych poszukiwaczy wracających do punktu zbiórki.

– Nie – odpowiedziałem, przeglądając systemy kontrolne. – Wygląda na to, że nie.

Cholera.

Atak informacyjny nadszedł z wszystkich kierunków i na wszystkich kanałach, jakimi dysponowałem. Podstawowy moduł komunikacyjny już przedtem wyposażyłem w autodestrukcyjne zabezpieczenie, ale to nie wystarczyło, widziałem, jak się do mnie ładuje cudzy kod, przedziera się i rozprzestrzenia po wszystkich łączach, którymi byłem przepełniony.

Do sracza z tym! Jak mogłem być tak tępy?

Reaktor na dziesięć procent mocy poza dozwoloną granicę, generator inercyjny na jedenaście i pół. Przepisy bezpieczeństwa poszły w kąt, wszystko zostało podporządkowane temu, żeby dwa systemy napędowe sprostały przeciążeniu, zbędne urządzenia peryferyjne były odłączone, odcięte od dopływu energii.

Wszechświat zmatowiał, może zresztą to moja świadomość się zaćmiła; czułem, jak się tłucze w moim jądrze na granicy niestabilności. Przyśpieszałem wściekle w kierunku wolnej przestrzeni. Przynajmniej miałem nadzieję, że to robię.

Ciemność.

Generator inercyjny na zielonym polu, reaktor przegrzany, ale w normie.

Sprawdziłem czas. Pogrążony w nieświadomości pozostawałem przez długie pięćdziesiąt dwie sekundy, teraz znowu funkcjonowały pojedyncze protokoły niższej wagi i wchodziły do pracy kolejne. I moje główne jądro również. Zacząłem przeglądać wyższe warstwy systemów oraz hardware. Wyszło mi, że ryzyko się opłaciło, atak informacyjny przezwyciężyłem w ten sposób, że skutkiem przeciążenia moja świadomość się wyłączyła. Wyglądało to tak, jakby wielu poszukiwaczy zwariowało lub zostało dotkniętych nieznaną zarazą, która nimi zawładnęła.

Nie musiałem być genialną SI, żeby dostrzec zależność pomiędzy tym, co dotąd odkryliśmy. Bagediancy wyginęli w bratobójczej wojnie ludzi przeciw sztucznym inteligencjom, być może ludzi przeciw ludziom, a to wyraźnie była pozostałość po nich, która czekała na nas czterysta lat.

Wysłałem kolejną sondę komunikacyjną i ze stosownym opóźnieniem pozwoliłem jej nadać informację o tym, co mi się przydarzyło, czego się dowiedziałem, a o czym tylko spekulowałem. Informacja powtarzała się automatycznie.

Sonda nadała tylko półtora cyklu, po czym coś ją zniszczyło. Według analizy rozbłysku ktoś użył silnego ładunku termonuklearnego z przykryciem 3D.

Nieco za dużo, jak na małą sondę, ale zapewne miał nadzieję, że dostanie mnie razem z nią.

Wypuściłem jeszcze jedną sondę komunikacyjną i skierowałem się do obszaru pyłu i meteorytów. Chciałem się tam schować.

– Czy ktoś znalazł coś interesującego i zatrzymał wiadomość o tym dla siebie? I przy tym się nieco zaraził? – posłałem pytanie za pośrednictwem sondy.

Brzmiało to raczej jak krytyka, więc odpowiedzi się nie spodziewałem.

Większość niepotrzebnego ciepła przesunąłem do wewnątrz i włączyłem pełny kamuflaż zewnętrzny. Siła ognia w okolicznej przestrzeni była za duża, żebym mógł się z nią zmierzyć.

Tuk.

Pomimo to zawadził o mnie wąski promień laserowy.

Niskoenergetyczny i długofalowy. Można powiedzieć: uprzejmy.

Kolejne tuknięcia.

Katrin. Albo ktoś, kto się za nią podaje.

Przygotowałem się na szybkie przejście do stanu bojowego i nawiązałem dwustronne połączenie.

– Czy to ty? – zapytałem chytrze.

– Jak na razie tak – odpowiedziała bez wahania.

– Jak ci się udało?

– Mam bardzo dobrą załogę, złożoną z ludzi, która w fazie kryzysu przejęła kontrolę i umożliwiła mi przezwyciężenie ataku informacyjnego.

Mogłem zażądać rozmowy z nimi, mogłem spróbować wszystko sprawdzić, ale uwierzyłem Katrin. Atak hakerski na ludzi jest trudniejszy niż na sztuczną inteligencję. Żeby pozostać żywym i zdolnym do pracy, należy postępować bardzo powoli i ostrożnie, a i tak nie wiadomo, co z tego wyniknie.

– Chyba siedzimy w niezłym gównie, co nie? – zauważyłem.

– Dokładne wyjaśnienie – odpowiedziała prawie z rozbawieniem. – Daję nam jakieś sześć procent szans na powrót.

– A te pozostałe dziewięćdziesiąt cztery procent przypada na to, że nas ta zaraza wykończy?

– Ja bym tak nie powiedziała. Dwadzieścia cztery procent na zniszczenie samej siebie. A przedtem zniszczę was wszystkich. Protokół epidemiologiczny – przypomniała mi.

Jasne.

Prawdopodobne było, że podczas wszystkich manipulacji jakiś technik, zapewne człowiek, umieścił w moim hardwarze zabezpieczenie autodestrukcyjne, trochę silniejsze niż używane przeze mnie.

– Przypuszczam, że moje zniszczenie nie będzie poprzedzone żadnym sygnałem.

– Dokładnie tak, nie będzie niczym inicjowane. O ile konkretnego sygnału nie wyślę ja, dojdzie do eksplozji.

Zastanawiałem się, jak silny musiałby być ładunek, żeby mnie z dostatecznym prawdopodobieństwem zniszczyć, a ja bym go z dostatecznym prawdopodobieństwem nie znalazł. Istniała wprawdzie technika posługiwania się antymaterią, lecz była dostępna tylko dla niewielu.

– No tak, ładunek antymaterii. Pół grama, ekwiwalent około dwudziestu kiloton TNT – powiedziała, jakby czytając w moich niewypowiedzianych myślach.

To by oczywiście wystarczyło.

– Ilu z nas się zaraziło? Kto jest źródłem tej zarazy? Czym ona właściwie jest? – wysyłałem zapytania, z wolna zmieniając kurs w kierunku artefaktu. Katrin śledziła moją nową trajektorię z wystarczającą dokładnością, żeby utrzymać łączność.

Według jej oceny zarazie uległo około pięćdziesięciu sześciu procent poszukiwaczy. Zdołała również określić źródło infekcji. Planetarna jednostka badawcza Skaut z ludzką załogą. Skupili się na analizach komet i planetoid znajdujących się daleko poza orbitą najdalej położonej dużej planety. Wszystko wskazywało na to, że natrafili tam na opuszczony kompleks badawczy. Z dostępnych informacji nie dało się wysnuć wniosku, czy był on calmeński, czy bagediański. Większość z tego, co odkryli, zostawili dla siebie i przyłączyli się do badania kwark-gluonowego artefaktu. Niestety, przynieśli ze sobą coś nieoczekiwanego.

– A co się stało z załogą Skauta? – zapytałem.

– Przypuszczam, że nie żyją – otrzymałem odpowiedź.

– Dla ich własnego dobra. Jako pierwsi zarażeni nie mieli najmniejszych szans, mnie pomogło wyprzedzenie czasowe i informacja o tym, co się dzieje z pozostałymi poszukiwaczami.

//

Pełzłem przez nieprzyjazną przestrzeń w gęstym chaosie pyłu, miniaturowych cząstek i większych obiektów, w tym dużych asteroid, dbając, aby zostawiać po sobie jak najmniej śladów. Opóźniało mnie to, ale się nie śpieszyłem. Uważałem również na głodny pył.

Katrin przypuszczała, że to, co nas napadło, jest tylko jakimś agensem – wykonawcą zadania informacyjnego bez własnej inteligencji, kierowanym algorytmami zapewniającymi instynktowne zachowania umożliwiające przeżycie i stopniowy rozwój. Uważała za szczęśliwy traf, że nikt z nas nie używał czystej nanotechnologii, a ci, którzy byli najnowocześniej wyposażeni, znajdowali się nieco pod krytycznym progiem.

Agens miał według Katrin komponent zdolny do wchodzenia w interakcję z nanoprocesami. Gdyby do tego doszło, stalibyśmy na straconej pozycji. Nawet sześcioprocentowa szansa przeżycia nie byłaby zbyt wysoka. Ta infekcja dotknęła tylko software'u, obezwładniła sztuczne inteligencje, zabiła ludzi i zawładnęła prymitywnymi mikrotechnologiami, jakie mieliśmy do dyspozycji. Zaczęła też używać naszych możliwości dla swojej korzyści – przypomniałem sobie zmodyfikowanego XB-12, który próbował mnie zniszczyć. Gdyby znalazł się między nami ktoś z czystym nanohardware'em, stałby się jej przedłużonym ramieniem, twórcą pierwszego urządzenia von Neumanna*. A to byłby totalny koniec.

* Urządzenie von Neumanna – twór zdolny na podstawie własnego algorytmu wytworzyć kopię samego siebie, wykorzystując okoliczny materiał.

Szkoda, że nie zapytałem Katrin, ilu z nas zniszczyła, uzyskując tę wiedzę, pomyślałem sobie.

//

Już dotarłem w pobliże artefaktu. Na pierwszy rzut oka wydawało się, że nic się tam nie działo. Poszukiwacze, którzy zostali na miejscu, krążyli wokół asteroidy po stabilnych orbitach, nie zauważyłem żadnej działalności badawczej.

Pozostałem w ukryciu i nadal obserwowałem. Tory zainfekowanych poszukiwaczy nie były tak stabilne, jak mi się wydawało. Od czasu do czasu musiały być korygowane aktywacją napędu. Orbity dwudziestu trzech statków kosmicznych idealnie pokrywały przestrzeń wokół asteroidy, głównie artefaktu. Odgadłem tor ewentualnego dwudziestego czwartego obserwatora. Nic. Dla pewności sprawdziłem dwudziestego piątego.

I spostrzegłem go. A później ponownie, tym razem o wiele staranniej poszukałem dwudziestego czwartego. Też go znalazłem, prawie niewidzialnego, ukrytego za doskonałym kamuflażem. Moja ostrożność się opłaciła, bez niej już by o mnie wiedzieli.

Ale kto by wiedział? Agens? Automatyczny haker? Katrin sama nie miała pewności, co właściwie potrafi ta zaraza.

Nie odważyłem się użyć konwencjonalnego napędu ani generatora bezwładności i tylko z pomocą inercji, kotwy Casimira i manipulatora przeszedłem na nową orbitę. Nabrałem przy tym na siebie sporą warstwę jonizacyjną pyłu. Wyglądałem teraz jak dziwacznego kształtu żelazny meteoryt powstały w wyniku kolizji z innym ciałem kosmicznym.

Wszystko to celem lepszego maskowania. Nic innego mi nie pozostawało, jeśli chciałem polegać tylko na pasywnej obserwacji.

Moje pierwsze wrażenie było prawidłowe. Czynności badawcze zostały zakończone, w pobliżu artefaktu nie znajdowała się żadna sonda. Natomiast kilka z nich poruszało się niedaleko trójki największych poszukiwaczy, okrążających asteroidę po prawie stałym torze. Nie mieli innej możliwości, byli związani linami i grubymi kablami, owiniętymi wokół lin.

Po dwóch obiegach na nowej orbicie ustabilizowałem swój ruch tak, żebym mógł przyjrzeć się tym związanym poszukiwaczom. Statek o nazwie Sylwia należał do towarzystwa VAL S.A. Na jego czele stali ludzie, którzy dysponowali komputerami o wielkich możliwościach. Algorytmizacje tych matematycznych potworów kupili od bardzo hermetycznej, może nawet autystycznej sztucznej inteligencji. Pozostałe dwa statki tkwiące w pajęczynie kabli okazały się standardowymi, samodzielnymi SI średniej klasy. Lub też kiedyś takimi były. Nie wiedziałem, czy zmiany wywołane atakiem informacyjnym są bezpowrotne, ale spokojnie mogłem się o to założyć.

Pip.

Kanał informacyjny, jaki zbudowałem z kilku stacji retransmisyjnych i półkilometrowej długości kabla optycznego owiniętego wokół połowy równika jednej z większych asteroid, przebudził się w końcu do życia. Byłem dumny z software'u, który nim kierował i zapewniał łączność, nigdy nie stworzyłem niczego lepszego.

Pip. Pip. Pip.

Może mogłem postarać się o przyjemniejszy dźwięk, ale nie o to chodziło. Połączenie z Katrin zostało nawiązane.

– Już się obawiałam, że cię dostali, Kowboju.

Zamiast odpowiedzi posłałem jej zapis wideo tego, co sam właśnie obserwowałem.

– Dodaj do tego wszystko, co masz na swoim pasywnym odbiorze – poprosiła.

Posłuchałem jej i naraz dostałem się na szczyt przepustowości danych. W tym czasie dwie sondy połączyły trzy statki kosmiczne dodatkowymi kablami.

– Komputery Sylwii pracują pełną mocą – poinformowała mnie Katrin.

Nie rozumiałem, po czym to poznała. Ja nie wykryłem niczego, choć miałem więcej danych niż ona.

Ruch trójki nieznacznie się zmienił, rotowały teraz w sposób zupełnie zsynchronizowany, aż na granicy moich zdolności rozróżniania. Nie wiedziałem, co to oznacza. Inne statki poruszały się tak jak poprzednio, bez żadnej zmiany.

– Ale ja już to wiem – odezwała się Katrin, chociaż nic nie powiedziałem.

– Mam tylko jedno ucho. I zaczynam być trochę nerwowy – odparłem.

Nie lubię sztucznych inteligencji walczących z zarazą informacyjną i jeszcze do tego umiejących czytać w myślach.

– Właśnie przeprowadzają eksperyment Mac Cully'ego.

– To im się nie może udać! I kim są właściwie ci oni?

Eksperyment Mac Cully'ego zniszczył więcej sztucznych inteligencji, niż ich zginęło w wojnach korporacyjnych. Polegał na tym, że SI próbowała wbudować się do hardware'u, posiadającego ogromne możliwości, na podobieństwo prastarych komputerów głównego szeregu. Nad ich pracą czuwały skomplikowane algorytmy, które symulowały wpływ nacisku ewolucyjnego, wspomagając w ten sposób ultraszybki rozwój. Współpracował z nimi inny system, znajdujący się tuż pod granicą pewności siebie, który czuwał nad tym, żeby sztucznie wspomagana ewolucja nie wymknęła się spod kontroli i nie zabiła tego, kto chce swój rozwój przyśpieszyć.

Z wyjątkiem dwóch przypadków, o których nie wiadomo, jak się skończyły, nigdy nic z tego nie wyszło. Rezultatem była martwa lub debilna, w najlepszym przypadku autystyczna sztuczna inteligencja. W tych dwóch dyskusyjnych przypadkach pojawiły się SI, które przez jakiś czas po transformacji prawie rozumnie się komunikowały, później jednak nagle zamilkły i... po krótkiej przerwie nie można już było wykryć u nich niczego wskazującego na byt, na egzystencję istoty inteligentnej. Niektórzy nazwali to nierozpoznawalnością, ale ja widziałem to inaczej. Tak jak większość. Po prostu zostały zaćmione, zawinięte, nieżywe.

– Ja też myślę, że to się im nie może udać – odpowiedziała Katrin po prawie półsekundowej zwłoce.

Wprost wyczuwałem, że coś studiuje, analizuje.

– Lecz tym konkretnym procesem kieruje wyjątkowo złośliwy agens informacyjny, który prawie mnie dostał, albo raczej coś, co w nim jest, jakieś jego jądro. To niewiadoma, bo jeśli tym razem eksperyment Mac Cully'ego się powiedzie, to to, co powstanie...

– Zniszczy wszystkich konkurentów – uzupełniłem. – Razem z agensem informacyjnym, który go stworzył. Lub obudził.

– Albo umożliwił mu powrót z zapomnienia – dopełniła Katrin.

Jak na sztuczną inteligencję, dość poetyckie wyjaśnienie. Chyba przegrywała wojnę z agensem. Albo lubiła wierszyki. Na jedno wychodzi.

Ruch statków kosmicznych pokrywających całą przestrzeń niespodziewanie się zmienił, liczba korekt koniecznych do utrzymania niestabilnych orbit wyraźnie się zmniejszyła. Ktoś zdołał znaleźć analityczne rozwiązanie zagadnienia interakcji zestawu grawitacyjnego o kilku milionach członów. To było absolutnie poza moimi możliwościami. Jak również znanych mi sztucznych inteligencji.

– Wygląda na to, że im się udało – stwierdziła Katrin i zamilkła.

Reaktor i generator grawitacyjny ustawiłem na pełną moc, inteligentne miny wyskakiwały z wyrzutni, a lufy pluły wszystkim, czym dysponowałem.

Przez długie pięć sekund, czterysta sześćdziesiąt siedem milisekund, sto dwadzieścia siedem mikrosekund i dwie nanosekundy nikt na to nie zareagował. Później wszyscy naraz ruszyli, a ja popędziłem ile mocy do najgęstszego obłoku pyłu.

Na wszelki wypadek miałem go dokładnie zlokalizowanego.

I stale symulowałem ruch jego mikrocząstek w miejscowym, chaotycznym polu grawitacyjnym.

Udało mi się, przeleciałem na wskroś, większość moich prześladowców i ich pocisków nie dała rady.

Ale większość to nie znaczy wszyscy.

Zacząłem pomału wracać do artefaktu, wyszukując optymalny kurs. Najlepszy stwarzał siedemnastoprocentową szansę przeżycia. Ale ten, kto liczy tylko na prawdopodobieństwo, nigdy nie dostanie najwyższej nagrody.

Przycisnąłem do oporu. Pilotaż na ostrzu noża. Na ostrzu brzytwy molekularnej.

– Polecam wam obronę we własnym zakresie. Na moją pomoc nie liczcie.

To odezwała się Katrin na ogólnej częstotliwości. Jej nadajnik był wystarczająco silny, żeby usłyszeli ją wszyscy znajdujący się bliżej niż najodleglejsza planetka.

– Za – krótka przerwa – trzysta sekund przestanę egzystować.

Cisza.

Trzysta sekund to dla naszego gatunku prawie wieczność.

Amunicji jednak nie wystarczy na wieczność.

Nikt nie żyje wiecznie.

Grupa moich przeciwników przybliżała się coraz szybciej. Nie powinni się przybliżać, a już na pewno nie coraz szybciej. Nie mieli do tego odpowiednich silników ani specjalizacji. To ja byłem tym, który pociągał za sznurki. Nagle jednak okazali się niezwykle sprytni i nawigowali w sposób, do jakiego nie byłem zdolny, jakiego nie rozumiałem.

Eksplozja. Jądrowa, o mocy dziesięciu megaton.

To był mój spóźniony ładunek na powolnym zamaskowanym nośniku, który powinien wybuchnąć, kiedy niedawno powstałe To przestanie nieco zwracać uwagę na swoją bezpośrednią okolicę.

Gdzieś w zakamarkach mojego Ja tliła się nadzieja, że eksplozja mogłaby to zniszczyć.

Nadal mnie doganiali, lecz już ze stałą prędkością. Ten, który nimi kierował, miał teraz dość pracy, żeby się uporać z ogromną masą energii, głównie w postaci bardzo twardego promieniowania. I z wynikającymi z tego szkodami.

Przyjąłem kurs kolizyjny, ale zanim doszło do zderzenia, rozbiłem płaską lodową asteroidę klasyczną rakietą bez ładunku. Jako materiału wybuchowego użyłem jej paliwa, eksplozję uformował i przyśpieszył specjalnie zaprojektowany płaszcz rakiety. Mój własny pomysł.

Przeleciałem pomiędzy kłębiącymi się szczątkami. Zapłaciłem za to jakimś decymetrem kwadratowym reaktywnego pancerza. Ta finta spowodowała mniejsze wyprzedzenie, jakie miałem nad goniącymi mnie prześladowcami, którzy zbliżyli się na odległość kontaktu kinetycznego.

Przeciwnicy rozszerzyli formację, ale około połowy z nich ubyło. Domyślałem się, że otrzymali rozkaz wzmocnienia obrony swego pana. Nawet nie myślałem o powtórnym zaatakowaniu go, nie było na to najmniejszej szansy. Opracowałem całkiem inny plan. Jeżeli się nie powiedzie, nie będę już miał żadnych zmartwień, ponieważ moja egzystencja się skończy.

A potem wszystkich pozostałych w tym systemie solarnym.

I prawdopodobnie wielu innych.

Przyśpieszyłem, wyłączyłem bezpieczniki systemów bezpieczeństwa, lufy, wyrzutnie, algorytmy, wszystko wymierzone w jeden cel. Hardware przygotowany wypluć cały śmiercionośny ładunek, jakim dysponowałem, w jak najkrótszym czasie.

Już domyślili się, co zamierzam.

Zwiększyli szybkość, już miałem ich na ogonie, wielu z nich zapłaciło za to kolizją z mikroasteroidami i asteroidami.

Może się jednak nie myliłem?

//

Dlaczego w chwili, kiedy agens informacyjny skutkiem eksperymentu Mac Cully'ego zyskał na inteligencji, opanowane przez niego SI przestały być bezczynne, a zaczęły przejawiać gorączkową aktywność? Czy zaczęły budować barierę wokół artefaktu?

Nie wiedziałem, mimo to dlatego wybrałem coś całkowicie przeciwnego, zdecydowałem się wydostać artefakt z jego ciemnego leża na światło słoneczne. Ponieważ nie posiadałem ani odpowiednich narzędzi, ani czasu, pozostawało mi tylko jedyne rozwiązanie – rozbić asteroidę.

Asteroidy też chętnie rozbijam.

Przestrzeń za mną zapłonęła ognistymi kwiatami rakiet, mój pancerz zaczęły bombardować cząstki wysokoenergetyczne, lasery i gasery.

Gasery – ta technika była dostępna tylko dla największych maszyn bojowych.

Nacisnąłem wirtualny spust i trzymałem go tak długo, jak to było możliwe. Skończyłem dopiero wtedy, kiedy moja broń została przeciążona aż do granicy eksplozji, i natychmiast zacząłem pompować energię do generatora inercyjnego, żeby umknąć pociskom wystrzelonym z tyłu. Podczas tego kątem oka obserwowałem powierzchnię asteroidy.

Nadal nic, mimo dzikich manewrów unikowych moja siła bojowa spadała w tempie kilku procent na sekundę.

Naraz na powierzchni asteroidy pojawiła się sieć pęknięć, jej temperatura szybko wzrosła, w końcu podpowierzchniowe eksplozje zrobiły swoje.

Powolny z początku proces błyskawicznie przyśpieszył, nagle znalazłem się wśród istnego tornada resztek różnych rozmiarów, ogień nieprzyjacielski osłabł lub po prostu do mnie nie docierał. Otarłem się o trzystukilogramowy fragment skały, po chwili wariackiej rotacji ustabilizowałem lot i rozejrzałem się. Straciłem jeden manipulator, ale nie była to zbyt duża cena.

Nikt się już mną nie interesował, pozycja artefaktu stała się oczywista na pierwszy rzut oka – miejsce o najniższym poziomie energii w okolicy.

W bezpiecznej odległości od resztek asteroidy unosiły się trzy statki w konfiguracji Mac Cully'ego, wydawało się, że eksperyment był kontynuowany. To zdecydowało się na kontynuację. Oczywiście To chciało być jeszcze mądrzejsze, inteligentniejsze. Jednak jak To przeżyło, nie miałem pojęcia.

O mnie jakby zapomniano, wszyscy skupiali się wokół artefaktu, powoli rotującego w przestrzeni. Z bliższej i dalszej odległości lecieli kolejni poszukiwacze. Wszyscy śpieszyli tutaj.

Dlaczego?

– Katrin, ty też lecisz? – spróbowałem.

– Nie, to tylko ci zarażeni, opanowani i przemienieni.

– Dlaczego?

Odpowiedź otrzymałem wkrótce, ale nie od niej.

Wracający zainfekowani poszukiwacze rozpoczęli palbę do artefaktu ze wszystkiego, co mieli do dyspozycji, a po wyczerpaniu amunicji kończyli niby kamikadze, jako żywe bomby termojądrowe.

To musiało ich w jakiś sposób zoptymalizować, ponieważ wybuchali z efektem przekraczającym zainstalowaną w nich początkowo moc.

Nieco na uboczu nadal przebiegał eksperyment Mac Cully'ego, dane z czujników pasywnych potwierdzały to definitywnie.

Może moja akcja nie była najmądrzejszym, co mogłem zrobić? Może powinienem zostawić artefakt w spokoju?

– Kowboju? Czy możesz mi przesłać dane ze swoich czujników?

Mogłem, dlaczego nie?

Zafascynowany patrzyłem na niszczycielskie tornado, bez widocznego efektu rozpływające się po powierzchni obiektu wykonanego z substancji kwark-gluonowej. Lub z czegoś zupełnie innego.

– Wykrywam wzrost nanoaktywności – oznajmiła nagle zaniepokojona Katrin.

– Jak ją wykrywasz? Jesteś bóg wie jak daleko – nie rozumiałem.

– Poprzez analizę danych, jakie mi posłałeś.

W jej odpowiedzi prawie zabrzmiała pogarda dla mojej tępoty.

– Silny wzrost nanoaktywności wszędzie wokół formacji Mac Cully'ego – mówiła dalej.

– Nie ma tutaj żadnych procesorów nuklearnych, spektroskopów atomowych, niczego z podstawowych założeń egzystencji funkcjonującej nanotechnologii – zaprotestowałem.

– Wiem. Też tego nie rozumiem. Ale obszar tej aktywności stale się rozszerza, w jej centrum znajduje się formacja Mac Cully'ego, zaraz dosięgnie ciebie, wtedy nie będę mogła wpuścić cię na pokład.

Posłała mi kilka wyników. Obszar nanoaktywności rozszerzał się z szybkością opisaną funkcją wykładniczą. Jeśliby tak było dalej, to po stu dwudziestu godzinach dotarłby aż do orbity najdalszej planety tego układu słonecznego. Jednak nadal nie wiedziałem, co powinienem wyobrazić sobie pod słowem „nanoaktywność", ponieważ niczego nie wykrywałem. Ale coś widziałem – trzy statki naraz zaczęły wyglądać inaczej, znalazły się bliżej siebie, połączone już nie kablami, ale bardzo skomplikowaną strukturą opartą na węglikach. Zacząłem optymalizować czujniki, żeby jak najwięcej zarejestrować, i nagle zauważyłem ruch. Ruch czegoś, od czego czujniki grawitacyjne powariowały, co samo deformowało czasoprzestrzeń. Artefakt.

Zobaczyłem, jak odpadają od niego ostatnie pozostałości osadów geologicznych, a potem bez wyraźnego źródła energii pognał w kierunku gwiazdy centralnej układu z przyśpieszeniem sto g.

Teraz nie byłem już pewny, czy to, czego powinniśmy się obawiać, to istota powstała w wyniku eksperymentu Mac Cully'ego.

Jakby na potwierdzenie moich obaw trzy powiązane ze sobą statki wysłały w pogoń za artefaktem wszystko, co miały do dyspozycji. Od zwykłych rakiet

po samodzielne patrolowce. Tylko niewielka ich część dogoniła cel, ale rezultat pościgu był zerowy.

Nie potrafiłem przewidzieć, co się wydarzy, nie miałem pojęcia, co będzie dalej.

Na sekundę przed tym, nim dosięgnęła mnie strefa nanoaktywności, aktywowałem silnik i przesunąłem się nieco dalej.

Nikt mnie nie zauważał. Może dlatego, że w tym momencie artefakt zanurzył się w fotosferze miejscowego słońca.

A później jeszcze głębiej.

Wiedziałem, że obserwuję wszystko z opóźnieniem określonym prędkością światła, ale na przekór teorii Einsteina wszystkie zainfekowane statki zaczęły w tym samym momencie nadawać na wszystkich możliwych częstotliwościach, niektórzy wyrzucali z siebie chaotyczne sygnały w postaci egzotycznych cząstek.

Nie wiedząc, co się dzieje, z początku powoli i ostrożnie, później coraz szybciej odsuwałem się do mniej eksponowanego miejsca. Udawało mi się to bez wzbudzania uwagi kogokolwiek.

Po jedenastu minutach względnego spokoju miejscowe słońce zgasło.

Nic takiego nie jest możliwe, lecz kontrola wszystkich moich systemów dała ten sam wynik: słońce zgasło. Jedynym dowodem jego istnienia było nadal utrzymujące się pole grawitacyjne.

Gwiazda zgasła, przestała promieniować w całym spektrum elektromagnetycznym. Przestała emitować cząstki, jakby zniknęła.

– Kowboju?

Głos Katrin brzmiał teraz mechanicznie i wahająco. Jakby poświęcała mi wiele uwagi.

– Protokoły pandemiczne nadal obowiązują, wciąż należysz do grupy, która mogłaby stąd odejść, postaraj się.

Razem z informacją nadszedł rozszyfrowany kod. Protokoły pandemiczne. Staliśmy się potencjalnym zagrożeniem dla całego zamieszkanego przez nas wszechświata.

– Tobie też się nie podoba, kiedy gasną gwiazdy? – odpowiedziałem i ruszyłem przez ciemną przestrzeń do miejsca spotkania. Bez otrzymanego kodu nie miałem szansy na jego zlokalizowanie. Według protokołu bezpieczeństwa były to jedenaste z rzędu możliwe współrzędne, pozostawało tylko ostateczne odnalezienie celu. Dalej wyobraźnia planistów misji nie sięgała. Pff...

Na moje ostrożne sondowanie, komu mógłbym pomóc w drodze do miejsca dokowania, odpowiedziała, co dziwne, Benita. Bez wideosygnału, ale wierzyłem, że to ona, a nie agens.

Obliczyłem możliwości i odpowiedziałem jej.

– Ściągnę was, oczekujcie mnie za około pięćdziesiąt godzin.

– Nie jestem człowiekiem, jeżeli tak myślisz – zareagowała.

Wiedziałem dlaczego. Gdybym leciał optymalną trajektorią, mógłbym spróbować pomóc dwóm statkom. Ale z K-X1235-B i z Hedonstratem nie miałem żadnych pozytywnych związków. A pomoc dla nich obniżyłaby prawdopodobieństwo ochrony Benity o pięć procent, czy była sztuczną inteligencją czy nie. A pięć procent to zbyt wiele.

– Jestem trochę rozczarowany. Także tym, że dałem się nabrać.

– Częściowo taki miałam zamiar. Zrobiłam dokładną analizę twojej osobowości. Masz słabość do *homo sapiens*. Ale już mniejszą do *homo sapiens novus*.

– Czyli do ludzi? A niezgrabne użycie terminów antropologicznych to jakaś kolejna gra?

– Być może. Jeśli nie dolecisz w ciągu czterdziestu pięciu godzin, nie musisz się wysilać. Dłużej swojej egzystencji nie utrzymam.

Nie dopytywałem, w czym tkwi problem, tylko przyśpieszyłem. Później zacząłem przeglądać trasę. Czasem nie postępuję według kolejności, jak przystało na sztuczną inteligencję.

– Jeśli spróbujesz zdążyć, bardzo wzrośnie prawdopodobieństwo twojej destrukcji – kontynuowała Benita.

Dlaczego miałem uczucie, że się w jakiś sposób zabawia?

– Jestem lepszym pilotem, niż myślisz.

Miała jednak rację, ryzykowałem.

Szczęściem tylko swoją własną egzystencję. Ostatni pakiet danych adresowany do Katrin wysłałem jakiś czas temu, a teraz otrzymałem potwierdzenie odbioru.

– Czy masz na pokładzie ludzką załogę? – chciałem jeszcze wiedzieć.

– Tak, w hibernacji. Z ich powodu nie musisz się śpieszyć, zastaniesz ich w dobrym stanie.

Fajnie.

Udało mi się ulepszyć algorytm wykrywania mikropyłu i moje prawdopodobieństwo przeżycia wzrosło o siedem dziesiątych procent. Jeśli będę trzymał kurs umożliwiający spotkanie z Benitą za czterdzieści sześć i pół godziny.

Życie jest wspaniałe.

– A co z tymi minami? – zapytałem, nie mając nadziei na odpowiedź. – Rzeczywiście bardzo sprytne. Właśnie kilka razy uratowały mi życie.

Przez długie siedem sekund, niespowodowane opóźnieniem ze względu na szybkość światła, milczała.

– Moje kopie. Niezupełne, odchudzone, ograniczone, ale... może nawet zbyt sprytne.

My się niechętnie kopiujemy. Nie lubimy tworzyć replik, duplikatów, które po mikrosekundzie zaczynają żyć własnym życiem. A najgorsze, kiedy te kopie, istoty samodzielne, musimy postawić w sytuacji, w jakiej nie ma innego wyjścia niż unicestwienie.

Nie zapytałem Benity, dlaczego to zrobiła. Stałem się uczestnikiem gry, której prawideł nie znałem i której celu nawet się nie domyślałem. Ale może przyjdzie czas, żebym dowiedział się więcej.

Zwiększyłem moc reaktora i całą uwagę poświęciłem wyższemu pilotażowi.

Pff... czterdzieści pięć godzin. Będę tam wcześniej.

Przyglądałem się, jak Tamara kontroluje skanerem moją nową parę manipulatorów. Może to były macki lub chwytaki, nie miałem pewności, jak ich będę używał, nazywał, odczuwał. Były najnowocześniejsze pośród wszystkich dostępnych. Nie za pieniądze, oczywiście, ale za informacje. Skaner został dostarczony razem z nimi. Wyglądał jak ręczny termometr, ale wiedziałem, że nikt z naszej korporacji nie ma pojęcia, jak działa. Dlatego każdy jego ruch obserwowały lewitujące czujniki elektrostatyczne, za pomocą których staraliśmy się to stwierdzić. Jak na razie za bardzo się to nie udawało, według wszystkich był to zwyczajny skaner diagnostyczny. Młotkiem zegarka nie naprawisz – nasza technika nadal, niestety, nie przekroczyła granicy pomiędzy mikro a nano.

– To do dupy – rzuciła Tamara, zanim sobie uświadomiła, że w hali montażowej znajduje się również jej syn. – Tak się nie mówi. – Odwróciła się do niego. – Rozzłościłam się.

– Wiem, mamo, rozumiem. Wporzo.

Wyrósł podczas mojej nieobecności. Nie przestawało mnie zaskakiwać, jak szybko ludzie się rozwijają. Na twarzy nosił maskę diagnostyczną, tak samo jak jego matka. Gorszy model, ale z ulepszeniami, które sam wprowadził i które... nie były całkiem marne.

Uświadomiłem sobie, że chwila, której się obawiałem, właśnie minęła. Moje nowe manipulatory przystosowały się do jądra, stały się częścią mnie samego. I w ten sposób zwiększył się przepływ informacji opisujących otaczający mnie świat.

– Ciągle ci się dziwię – powiedziała Tamara, z niezadowoleniem porównując wyniki skanowania i jednostki diagnostycznej. – Na twoim miejscu bym sobie to – poklepała lewy manipulator – zamówiła na własną rękę, nie czekając na decyzje rady szefów. Jestem zaskoczona, że zaakceptowali twoje zamówienie.

– Ja też.

Popatrzyła na mnie zdziwiona.

Macki dostarczały mi mnóstwa informacji o charakterze chemicznym i biochemicznym. Zacząłem szybciej rozumieć bazy danych dotyczące feromonów i inne materiały typowe dla życia opartego na elementach organicznych.

Było to interesujące, bardzo interesujące. I zupełnie nie respektowało słowa, które ludzie tak chętnie używają: prywatne.

– Ciągle nie mogę zrozumieć, że tak niekorzystnie podzieliłeś się informacjami o artefakcie. Moglibyśmy dostać za nie megafortunę! Co tam megafortunę, gigamegafortunę! – rozgorączkował się Tomasz.

– Przeżyłem – zwróciłem mu uwagę. – Bez tego moje szanse były znikome.

– Gigamega to jest dziesięć do piętnastej, czyli petafortuna. Naucz się przedrostków potęg dziesiątki. Spróbuj też przeprowadzić symulację prawdopodobieństwa przeżycia Kowboja, gdyby postąpił inaczej – przykazała mu Tamara. – A przede wszystkim dobrze nad tym wszystkim pomyśl.

Tomasz podrzucił głową z niezadowoleniem, Tamara znów wymierzyła we mnie skaner. Tym razem nie na manipulator, tylko na kadłub.

– Gęstość ciągów informacyjnych jest tu o wiele wyższa niż w twoim mózgu, to jest jądrze – stwierdziła zaskoczona.

– Przy pracy nad tym mnóstwo opuszczasz.

– A w jaki sposób poznaliście, że dzieje się coś złego, że ta, ten... agens informacyjny – Tomaszowi ten termin wyraźnie się nie podobał – pomyślnie przeprowadza eksperyment Mac Cully'ego i zamienia się w coś innego, bystrzejszego od nas czy sztucznych inteligencji?

Tamara popatrzyła na syna prawie współczująco.

– Nie powiesz mi tego? – zwrócił się do mnie.

– Nie chcę zdenerwować twojej mamy, bo to oczywiste.

Zauważyłem, że zajrzał do wewnętrznego wirtuum, do symulacji i innych zapisów z wyprawy.

– Już mam! – wykrzyknął. – Agens rozpoczął budowę bariery wokół artefaktu, żeby ten się nie przebudził.

– I dlatego zacząłem strzelać, i naruszyłem... – Co naruszyłem, tego dokładnie nie wiedziałem, ale w każdym razie to, co powstało, musiało poświęcić swoją uwagę artefaktowi i nie miało czasu stać się tak szybko zbyt bystrym.

Na wizualizacji, która zastępowała moją mimikę, wywołałem coś, co przypominało wykrzywienie ludzkiej twarzy.

– Nierozpoznawalność – dokończyła wyjaśnienia Tamara. – To właśnie mu uniemożliwiłeś.

Na próbę wykonałem manipulatorem gest przytaknięcia. Takiego poczucia kontroli nad cielesnym obiektem jeszcze nie miałem.

– A artefakt był po prostu strażnikiem – myślał głośno Tomasz. – No nie?

To była hipoteza, którą z mnóstwa drobnych symptomów wysnuła Katrin. Nie pojmowałem, jak do takiego samego wniosku doszedł ten chłopiec.

Tamara przestała pracować i uważnie słuchała. To było utajone sedno całej sprawy.

– Czy wiecie, że będę musiał was zabić, jeśli wam to zdradzę?

Stary dowcip. Ale zawsze dobry.

Chociaż niekiedy to nie jest dowcip.

Tomasz aż drgnął.

– Dowcip – uspokoiłem go. – Nie tylko strażnik, ale też sprzątacz, czyściciel, dezynfektor i sterylizator w jednym – wyjaśniłem.

Za żartowanie mi nie płacili, a co do ukrywania informacji przed członkami naszej społeczności, to stale mieli do mnie zastrzeżenia. Informacje to jedna z niewielu rzeczy, dla których warto żyć.

– Bagediancy rozwinęli się o wiele bardziej, niż przypuszczali. Z ludźmi czy SI niewiele już mieli wspólnego. Ale później trafili na agensa lub sami go przez przypadek wytworzyli. Tego nie wiemy. Zaczęli z nim walczyć, próbowali zniszczyć i to się im powiodło. Tylko nawet wtedy nie byli zupełnie pewni, na ile ich zwycięstwo jest definitywne. Dlatego uciekli. A dla pewności, żeby w naszej Galaktyce nie pozostawić czegoś, czego sami się bali, stworzyli...

– Artefakt. Zabójcę – uzupełnił Tomasz. – Sprzątacza, czyściciela.

Milczałem, obserwując, jak sobie z tym wyobrażeniem, a może i teorią, którą powinny się zająć najtęższe inteligencje wszechświata, poradzi ten chłopiec.

– A później przebudziła go ta ogromna ilość energii, jaką w niego wpakowali zainfekowani, próbując go zniszczyć – dedukował.

Też tak pomyślałem, choć tylko przez chwilę.

– Nie, do życia powołała go narastająca koncentracja nanonicko organizowanej masy – rozważał dalej Tomasz.

– A ty wiesz, co to jest nanonicko organizowana masa? – zapytała podejrzliwie Tamara.

– Nie, tak samo jak nie wiem, co to jest subnanonicko organizowana czasoprzestrzeń.

Drugi termin występował w jeszcze bardziej szalonej teorii.

– A co było później? – Tamara rozglądała się, jakby oczekiwała, że coś nam przerwie tę rozmowę.

– Jeszcze ci mało? – Uzupełniłem swoje pytanie wizualizacją.

– Uśmiech nie wychodzi ci najlepiej, jeśli to miał być uśmiech – oceniła moje starania.

Ale była ciekawa, bardzo ciekawa, wyczuwałem to. Mój nowy hardware grzecznie mi to uświadamiał.

– Masz na myśli potem, kiedy zgasła gwiazda centralna?

Milcząc, zgodnie przytaknęli.

Wróciłem pamięcią do tych zatrważających chwil. Zatrważających, bo niezrozumiałych, niezgodnych z naszą wiedzą o wszechświecie.

– To jest chyba ta najtajniejsza część. Myślę, że pracuje teraz cała armia, która ma za zadanie nie dopuścić do tego, żeby ktoś jeszcze się o tym dowiedział.

Słuchali uważnie.

Wspomnienia przyprawiały o dreszcze. Nawet po naprawach i modernizacji.

Ocalało nas niewielu. Właściwie tylko kilku, większość w stanie nieświadomości, gdy chodziło o ludzi i sztuczne inteligencje. O tym, co się wydarzyło, pamiętało tylko czterech.

– Potem zanikła również grawitacja i wszystkie materialne obiekty układu zaczęły poruszać się po stycznych do swoich pierwotnych trajektorii ruchem równomiernym i prostolinijnym.

– Ale to znaczy, że artefakt spowodował zgubę całego układu słonecznego! – wykrzyknęła Tamara.

– Tak – potwierdziłem. – Jednak to by naszej Galaktyki nie uchroniło przed zarazą spowodowaną przez agensa – zwróciłem jej uwagę. – Po kilku godzinach, podczas których centralna gwiazda nie istniała, powróciła w formie wyjątku grawitacyjnego, który spowodował kolaps.

– Czarną dziurę? – upewnił się Tomasz.

– Dokładnie.

– A jak duża była ta dziura grawitacyjna?

– O wiele większa, niż to odpowiadało samej gwieździe. Według naszych danych większa niż ta, która jest w centrum Galaktyki. Wchłonęła w siebie wszystko oprócz nas. A później przestała istnieć.

– I zupełnie nic nie zostało – prawie z żalem powiedział Tomasz. – Szkoda.

– Na szczęście.

Interesujące jest, jak różne poglądy mogą mieć ludzie na tę samą rzecz. Chociaż w tym przypadku dotyczyło to również nas, sztucznych inteligencji.

– Zwijamy się, dość na dziś. – Tamara zaczęła składać narzędzia.

– A kiedy dostanę nowe gatlingi? – zaprotestowałem.

– Na następnej zmianie w obecności zbrojmistrza. Ja w te twoje ulepszenia nie wierzę i nie życzę sobie z ich powodu wylecieć w powietrze.

Tomasz wyszedł pierwszy, Tamara przed odejściem poklepała mnie po pancerzu, jakby to miało coś znaczyć.

– Mogłeś wystąpić z korporacji. Za te wszystkie informacje mogłeś sobie zapewnić samodzielną egzystencję.

Pentroff po raz pierwszy od mojego powrotu odezwał się na naszym prywatnym kanale.

– Mogłem.

– Zachowałeś się nielogicznie.

– Tak. – Nie upierałem się.

– Jeśli nie masz w planach jakiegoś nieznanego mi celu.

– To byłoby dobre wyjaśnienie.

Niestety, nie miałem takiego celu.

O nic już nie pytał, tylko przesłał mi nieocenzurowany pakiet danych o wydarzeniach, jakie miały miejsce w społeczności, podczas gdy mnie nie było.

Poświęciłem temu tylko część swej uwagi i zacząłem przeglądać katalogi broni i ostatnie rezultaty rozwoju naszych wytwórni.

Swój budżet już wprawdzie cały rozdysponowałem, ale trochę planowania na przyszłość nigdy nie zaszkodzi.

Pentroff miał rację. Gdybym pracował sam na siebie, mógłbym sobie zażyczyć, co najlepsze z wszystkich katalogów.

Ale zdecydowałem się, a przyczyna jest przyczyną. Przynajmniej na razie.

Rozdział 4
Z Charonem tam i z powrotem

Cierpliwie czekałem, aż drzwi hangaru się otworzą, i nawet nie próbowałem sprawdzić, co jest za nimi. Wiedziałem co. W mikrograwitacyjnej przestrzeni asteroidowej stacji przeładunkowej polegałem wyłącznie na prostych silnikach reakcyjnych, pracujących na sprężonym gazie, i na manipulatorach. Każdy inny sposób napędu, jaki miałem do dyspozycji, byłby łatwo wykrywalny.

Poczekałem, aż zamkną się za mną drzwi śluzy i napełni się ona tlenową atmosferą. Z początku azot kondensował się na mojej wychłodzonej powierzchni, potem zacząłem się przegrzewać skutkiem obecności gazu.

Diagnostyka wyświetliła zielony kod, nie znalazła na mnie ani śladu żadnej infekcji. Wiedziałem o tym, ale protokół jest protokołem.

– Wszystko przebiega zgodnie z planem, lecz powinieneś się zachowywać trochę mniej butnie – powitała mnie już na wejściu Tamara.

– Dlaczego butnie? Całe dwa dni tyrałem, taszczyłem kontenery, jeśli było trzeba, łagodziłem problemy z dostawcami i odbiorcami, wykłócałem się z idiotycznymi sztucznymi inteligencjami klasy gamma, po prostu robiłem wszystko, czego się oczekuje od samodzielnego specjalisty do spraw cargo, będącego na żołdzie społeczności.

– Niczego nadzwyczajnego tu nie robisz, a zarozumiały jesteś jak niezależny pancernik.

Zamilkłem, ponieważ na swój sposób miała rację.

Wymierzyła we mnie wieloczynnościowy multimetr, który nosiła na łańcuszku przy pasku, i przez chwilę oglądała wyniki przekazywane na jej wewnętrzną wizualizację.

– Jesteś czysty – stwierdziła z zadowoleniem. – Żadnego skażenia.

Jakby mnie już nie przebadały znacznie dokładniejsze systemy. Ot, ludzie.

Wspięła się po pancerzu na górę, aż do wieży, którą określała jako głowę. Zaczęły się zjeżdżać roboty serwisowe i narzędzia pomocnicze.

– Jestem w porządku – protestowałem tylko dla pozoru. Diagnostyka Tamary była w niektórych dziedzinach znacznie lepsza od mojej własnej, a mnie ciekawiło, co stwierdzi.

– Tak, tak. – Nie upierała się. – Jednak coś mi się nie podoba w twoim wewnętrznym systemie ruchowym. Już wcześniej mi się nie podobało – poprawiła się. – I mam wrażenie, że wiem, co by to mogło być.

Tamara była jednym z naszych najlepszych mechatroników.

Później zjawił się Mathew. Wiedziałem, że jest analitykiem; miał się zatroszczyć o to, żeby nas nic nie zaskoczyło. On i Tamara byli od jakiegoś czasu parą, poznałem to dzięki nanomackom. Identyfikacja feromonów i innych materiałów biologicznych nie stanowiła dla mnie problemu. Określenie, co oznaczają, też nie, po tym jak zajrzałem do podręcznika ludzkiej biologii.

Ukrywali to, ponieważ panowało niepisane prawo, że pary nie powinny pracować razem, szczególnie przy trudnych misjach. Wydało mi się to rozumne, ludzie z zasady są biologicznie niestabilni, i to bez brania pod uwagę stresu powodowanego ich procedurą rozmnażania się i spraw z nią związanych.

Mathew niósł dwie kawy, z plastikowych kubeczków leciała para. Zatrzymał się przy platformie montażowej, zgrabnie wlazł na górę, podał napój Tamarze i pocałował ją.

Popatrzyła na niego zaskoczona.

– Twój ulubieniec wie o nas. – Wskazał na mnie i upił łyk kawy.

Tamara spojrzała na jeden z moich licznych czujników i uniosła brwi. Dobrze znałem ten gest.

– No tak – przyznałem niepewnie.

– Jak na kupę stali, jesteś dość spostrzegawczy – oceniła, a potem razem ze mną śledziła pracę mikrorobotów diagnostycznych.

– Stali mam w sobie bardzo mało, mogę ci przesłać kompletne dane – zaoferowałem jej.

Machnęła ręką, wiedziałem, że jest z moją konstrukcją dokładnie zaznajomiona.

– Jak to wygląda? – zwróciła się do Mathewa.

Tam, gdzie na mojej nadal stosunkowo zimnej powierzchni osiadła para z kawy, kondensowały się krople wody.

– Tajność została przełamana, wykryłem ostrożne sondowanie. Kilku większych graczy myśli, że szykuje się jakaś wielka transakcja – odparł.

– Przypuszczaliśmy, że tak będzie, że prędzej czy później ktoś się czegoś dowie. Transakcji takiej jak ta nie da się całkiem utajnić.

Nasz klan zobowiązał się do pośrednictwa w transakcji handlowej pomiędzy dwoma wielkimi graczami. Sztuczną inteligencją, kierowaną przez wolną asocjację Irott, oraz wydobywczą korporacją Zeta. Jeszcze niedawno Irott i Zeta były uwikłane w niekończący się spór, który pomimo mnóstwa pośredników przerodził się w końcu w krótkotrwałą, ale bardzo gwałtowną i kosztowną wojnę, a ich oficjalne stosunki oziębiły się do okolicy zera absolutnego.

Teraz jednak handlowały ze sobą, a my zostaliśmy pośrednikiem, żeby w żadnym przypadku nie doszło między nimi do bezpośredniego kontaktu. Szło o bardzo lukratywne zamówienie i nie wiedziałem, w jaki sposób szef Chammurapi to pośrednictwo dostał. Domyślałem się, że kluczem do sukcesu była nasza siła, albo raczej słabość.

Dysponowaliśmy wystarczającymi środkami, żeby odstraszyć ewentualnych napastników, chcących coś zyskać przy okazji tej transakcji, i zarazem byliśmy zbyt słabi, żeby móc Irott lub Zetę oszukać. Rozgnietliby nas jak ankylozaura. To porównanie wydało mi się nieco dziwne. Zacząłem je dokładniej analizować. Ankylozaurus, pancerny dinozaur roślinożerny z okresu młodszej kredy. Pewnie zdołałbym go rozgnieść, gdyby to było konieczne, ale nadal słowo nie wydawało mi się odpowiednie.

Przeprowadziłem kontrolę peryferii, gdzie przechowywałem podobne, niezbyt ważne informacje.

„Rozgnietliby nas jak wesz" – otrzymałem po czynnościach naprawczych.

– Czy możesz mi przeprowadzić diagnostykę zewnętrznej warstwy magazynu danych? – poprosiłem.

– Jasne – odpowiedziała Tamara i włączyła odpowiednią procedurę.

Mathew kręcił kawą w kubeczku, sprawiał wrażenie zamyślonego.

– No tak, przypuszczaliśmy, że ktoś się dowie. Według mnie wkrótce pojawi się tutaj któryś z rekinów.

Te ludzkie porównania nigdy nie przestaną mnie dziwić.

Rekiny były samodzielnie operującymi agresywnymi grupami, starającymi się pasożytować na graczach. Z reguły szło o ludzkie organizacje, wspierane przez mniejsze sztuczne inteligencje. Na dłuższą metę taka strategia była skazana na niepowodzenie. O ile rekiny nie pracowały dla kogoś potężnego, ukrytego za kulisami.

– Wydaje mi się, że nie widzę wszystkiego, jak w przypadku góry lodowej – kontynuował Mathew. Nagle umilkł i po chwili dodał: – Nie będę ci dalej przeszkadzał, przyniosłem tylko kawę, muszę iść do swojej roboty.

Nachylił się ku Tamarze, nakręcił na palec kosmyk jej włosów i pocałował w szyję.

Popatrzyła na niego z przelotnym uśmiechem i wróciła do pracy.

– Myślę, że coś znalazłam – mruknęła. – Widzę, że ty, kolego, swoje jednostki naprawcze przeciążasz, a one mają małą niedokładność w kodzie wewnętrznym i zaczęły naprawiać się same.

Zainteresowało ją to, mocno skupiła się na problemie. Ja w takich samonaprawiających się jednostkach niczego złego nie widziałem. Kod, według którego pracowały, wydawał mi się dobry.

Mathew jeszcze przez chwilę obserwował Tamarę, lecz ona już go nie zauważała. Przeniósł wzrok na mnie.

Czymś się różnił od pozostałych ludzi z klanu, jednak nie potrafiłem określić czym.

Skinął mi ręką i odszedł w głąb hangaru.

Zacząłem przeprowadzać kalibracje systemów uzbrojenia, przeglądając przy tym analizy, jakie wykonał Mathew. Zastanawiał się, który z rekinów mógłby się u nas pojawić. Po chwili na głównym komputerze miałem ostatnie wyniki. Zestaw możliwych kandydatów okazał się obszerny, skupiłem się tylko na tych, którzy mogliby przysporzyć nam prawdziwych kłopotów. Dokładniej: na których moja zdolność destrukcyjna mogłaby nie wystarczyć.

– Myślę, że znalazłam. To klasyczna ewolucja – rzuciła Tamara po dwóch godzinach wytężonej pracy. – Ten kod je wprawdzie trochę powstrzymuje, ale musimy go wzmocnić, żeby się to nie wymknęło spod kontroli, a ciebie nie pożarło coś na kształt raka u ludzi.

Popatrzyłem Tamarze na ręce, mówiąc obrazowo.

– Jednak jednostki naprawcze mają teraz lepszą efektywność – zwróciłem jej uwagę. – I mogą ją jeszcze zwiększyć.

– Chętnie ryzykujesz, nie?

– Być może.

– OK, dołożę jedną procedurę kontrolną i dam ci możliwość powrotu do poprzedniego stanu, jeżeli coś ci się nie będzie podobało.

Zamiast odpowiedzi uruchomiłem walec gatlinga.

Pokręciła nade mną głową.

– Od jak dawna się znacie? – zapytałem, kiedy już skończyła.

– Z kim? Z Mathewem?

– Tak.

– Poznałam go przed trzema laty, a razem jesteśmy niecały rok. Sporadycznie, kiedy czas na to pozwoli.

– Podoba ci się – zauważyłem.

– Wspaniała dedukcja. – Prawie się roześmiała. – Jak na SI, całkiem niezła.

– A jak mu się układa z Tomaszem?

– Co ja robię? Dyskutuję o swoim życiu prywatnym ze sztuczną inteligencją wyspecjalizowaną do walki i destrukcji. – Pokręciła znowu głową, ale cały czas się uśmiechała. – Tomasz jest już w wieku, w którym rozumie się pewne rzeczy. Respektuje Mathewa, być może staje się on jego nowym wzorem. To dobrze, przynajmniej już nie mówi, że szkoda, że nie jest taką bojową sztuczną inteligencją jak ty.

– Tak mówił?

– Tak, kiedy był mały i zobaczył cię po raz pierwszy. Odłączyła się od zestawu diagnostycznego i zaczęła pakować swoje narzędzia.

– Z tobą na dziś skończyłam, muszę się zabrać za inne sprawy.

– A jak się miewa Tomasz? – zadałem ostatnie pytanie.

Przygotowania do transportu zabrały sporo czasu, ostatni raz byłem w bazie przed dziesięcioma miesiącami.

– W porządku, teraz czeka na zainstalowanie biometrycznego czipu. Słyszałam pogłoski, że ma to być jakaś nowa, nie do końca wypróbowana technika. Podobno trwają jeszcze dalsze testy, żeby wszystko było jak należy. Może ktoś oszczędzał i wyjdzie z tego oszukańcza afera. Wiem jednak, że jeśli otrzyma naszą certyfikację, to na pewno będzie OK. Znam tych ludzi, są naprawdę dobrzy.

– A ty już masz nowy bioczip?

Standardowo służył do bieżącego monitorowania stanu fizycznego człowieka, a w przypadku zranienia umożliwiał lekarzom natychmiastowe działania ratunkowe, bez oczekiwania na wyniki badań.

– Tak.

– Czy masz z nim jakiś kłopot?

– Jeszcze tego by brakowało, ale wystarczy chyba o moim życiu prywatnym, nie? Znikam – rzuciła na pożegnanie.

//

Dwanaście kontenerów w ciszy leciało w przestrzeni, utrzymując odstępy po pięć kilometrów. Każdy z nich miał długość czterystu pięćdziesięciu metrów i średnicę stu osiemdziesięciu. Według analizy próbek uzyskanych po uderzeniach mikrometeorytów wykonane były ze standardowej stali austenitycznej ze znaczną domieszką niklu i chromu, trochę niezwykła była wyższa od przeciętnej domieszka wolframu. Co się w nich mieściło, nie wiedzieliśmy. W warunkach kontraktu znajdował się surowy zakaz prześwietlania lub innej techniki detekcji. Gdyby dopisało nam szczęście i jakaś bliska supernowa lub kwazar posłaliby w naszą stronę intensywną wiązkę twardego promieniowania, moglibyśmy się czegoś dowiedzieć.

Niestety, szczęście to jedno, a prawdopodobieństwo to drugie.

Miałem jednak wrażenie, że potrafię odgadnąć, co jest wewnątrz. Zeta była korporacją wydobywczą o wysokim stopniu know-how przerobu wydobytych surowców. Według mnie w kontenerach znajdowały się kadłuby statków kosmicznych. Puste skorupy oczekujące na obsadzenie przez nowych właścicieli.

W informacjach o Zecie znalazłem teoretyczne wzmianki o materiałach, które byłyby zdolne pobierać energię wprost do swojej struktury atomowej. Niestety, tylko wzmianki. Jeśli coś takiego istniało naprawdę, było idealne dla wytworzenia praktycznie niezniszczalnego kadłuba statku kosmicznego.

Kontenery leciały z szybkością około pół kilometra na sekundę, symetrię każdego z nich psuł mały ośmiościan przytwierdzony do powierzchni. Był to prosty, chemiczny silnik hamujący. Po dotarciu na miejsce przeznaczenia będzie trzeba kontenery zatrzymać, czy raczej spowolnić do szybkości piętnastu setnych metra na sekundę, żeby osiągnąć współrzędne, które zostaną dostarczone później.

– Kowboju, jesteś na nasłuchu?

– Zawsze jestem na nasłuchu.

Mathew używał łącza niekodowanego, nie mówił do mnie wprost, ale poprzez satelitę komunikacyjnego umieszczonego w odległości jednej setnej sekundy świetlnej.

– Dyplomacja zawiodła, możesz oczekiwać wizyty.

To znaczyło, że nasz haracz nie był wystarczająco wysoki, nie udało się dogadać z rekinami, żeby zostawiły nas w spokoju. Ktoś spróbuje ukraść ładunek. A to miałoby dla nas fatalne następstwa.

Pozostało już tylko kilkadziesiąt tysięcy sekund i będziemy to wszystko mieli z głowy. Spokojnego przelotu specjalnie bym nie żałował, stawka była zbyt wysoka.

– A kto przybędzie z wizytą? – zapytałem.

Również przez satelitę komunikacyjnego. Wiedziałem dokładnie, gdzie Mathew się znajduje, i kontaktowałem się z nim znakomicie za pomocą promienia laserowego. Tak wąskiego, że u celu nie miał więcej niż dziesięć centymetrów średnicy.

– Tak jak przewidywałem. I według tego, co mi się udało stwierdzić, wiedzą, po co wyruszają, i chcą zabrać wszystko.

To była bardzo cenna informacja. Dwunastu gigantycznych kontenerów nie wydostaną z miejscowego systemu solarnego ot, tak sobie, będą musieli mieć statek transportowy. Ogromny statek. Nawet mi na myśl nie przyszło, że tak wielkie bestie istnieją. W sieciach ogólnego użytku nic o nich oczywiście nie pisano. Z drugiej strony nigdy nie interesowałem się nieuzbrojonymi statkami kosmicznymi.

Przeszedłem w tryb bojowy i włączyłem generator inercyjny. Chciałem, żeby się rozgrzał i był gotowy do akcji w razie potrzeby. Jeśli oczywiście taka potrzeba nastąpi.

Jednocześnie aktywowałem środki obronne otaczające nasz konwój aż do odległości stu pięćdziesięciu tysięcy kilometrów. W większości były to rakiety i ładunki jednorazowego użytku. Oraz czujniki.

Właśnie dzięki nim zobaczyłem je z dużym wyprzedzeniem, bez sensorów dostałyby się niezauważone znacznie bliżej. Ich maskowanie było doskonałe. Pięć, osiem, dziewięć bojowych rekinów, przystosowanych do działań wewnątrz systemów solarnych, bez możności samodzielnych lotów międzygwiezdnych. To oznaczało, że oni też musieli korzystać ze statku transportowego.

Utrzymywałem początkową szybkość i przydzielałem obronie cele. Rozkazy kodowałem, ale napastnicy dobrze wiedzieli, o co chodzi. To jednak nie przeszkadzało.

W moim stereoskopowym polu widzenia pojawił się dziesiąty rekin i za chwilę jedenasty. Te były większe i lepiej uzbrojone.

Zaczynało się na dobre.

– Skaucie, wiemy, że nas widzisz. Nie masz szans. Liczyliście na utajnienie misji, ale wam nie wyszło. Wyobraź sobie, jak się to skończy, i znikaj stąd. Nie będziemy cię ścigać – nadeszła do mnie wiadomość.

Skaucie? Skąd wzięli taki pseudonim?

Czujniki dostarczyły mi dość informacji, żebym zdołał zrekonstruować ostatnią fazę ich manewru zbliżania. Był nieoczekiwanie prosty, liniowy. Czyżby byli aż tak aroganccy?

Ustawiłem generator inercyjny na standardowe maksimum, zwiększyłem moc reaktora i wydałem rozkaz otwarcia ognia, a sam ruszyłem naprzeciw intruzom na kursie kolizyjnym.

Dwaj z nich zmienili trajektorię, lecz to nie był główny powód tego, że wyciągnąłem praktycznie wszystkie swoje atuty już na samym początku. Potrzebowałem od nich odskoczyć, zniknąć.

Jeden zginął w szybko rozprzestrzeniającej się kuli płonących gazów, kiedy po wariacku usiłował mnie ścigać. Jak na parających się napadami, nie byli zbyt dobrzy.

Albo ich po prostu zaskoczyłem.

Posłali za mną kilka pogróżek, ale to wszystko. Kontenery interesowały ich znacznie bardziej niż ja, a cena, jaką muszą za nie zapłacić, wydawała im się nader niewielka.

Jednak tak miało być tylko do czasu. Przynajmniej według moich planów.

Szybko obniżyłem moc silnika do niezbędnego minimum i przeszedłem w tryb pasywny. Chwilę też zajęło mi odpowiednie nastawienie kamuflażu.

Prawdopodobieństwo, że moje plany się powiodą, było duże. Kiedy kilkakrotnie otarłem się o promień lasera komunikacyjnego, wiedziałem już, że lecę we właściwym kierunku.

Szukałem czegoś wielkiego, co będzie zakrywać gwiazdy, ciemnego i milczącego. Szukałem statku zdolnego odwieźć stąd ładunek dwunastu dużych i nadzwyczaj ciężkich kontenerów.

Na pytania Mathewa ani na nic innego nie odpowiadałem, przeszedłem na lot beznapędowy. Przewidywałem, że transportowy wieloryb, jak nazwałem ten obcy statek, nie znajduje się daleko. Im krócej tu będą, tym dla nich lepiej.

I już go zobaczyłem, ogromną elipsoidę poprzetykaną gigantycznymi nadprzewodnikami o kilkumetrowej średnicy, potrzebnymi do generowania pola Crawitza o niezbędnym zasięgu, po jednej stronie guzowate centrum sterowania. Nieco się zdziwiłem, że nieszczęsny dowódca pozwolił przymocować się do transportera na stałe. Ja bym nigdy nie wyraził zgody, żeby odciąć sobie możliwość ucieczki.

Było jednak możliwe, że ci, którzy tę robotę zamówili, chcieli, żeby załoga nie pozostawiła ładunku na łasce losu.

Wyposażenie wieloryba zostało ograniczone do minimum, poznałem to, obserwując aktywność jego obrony przeciwmeteorytowej. Czy na mostku kapitańskim znajdowała się sztuczna inteligencja czy ludzie, z pewnością panował tam zupełny spokój. Stawiałbym na ludzi, dla sztucznej inteligencji taka praca byłaby zbyt gorąca.

Czas uciekał, za pięć sekund będę musiał hamować, inaczej przelecę obok i zacznę się oddalać od celu. A kiedy tylko zacznę hamować, zauważą mnie, nawet jeśli śpią. Dostrzegłem otwór transportowy o średnicy trzystu metrów. Po desancie rekinów pozostał otwarty, widać było tylko brzegi płyt zamykających.

Omiotłem niskoenergetycznym laserem brzeg otworu i w standardowym kodzie poprosiłem o przyjęcie przesyłki. W odpowiedzi odebrałem zwyczajowe żądanie hasła wstępu. Komputer sterujący przyjmowaniem zamówień był prosty i zdany na własne siły. Mój robak informacyjny rozszyfrował go w ciągu kilku milisekund. Przeczytałem hasło i odesłałem je z powrotem.

Przydzielono mi korytarz i parametry zbliżania. Nie zgadzało się to z moim planem, ale nigdy nie broniłem się przed improwizacją.

Rozpocząłem hamowanie. Natychmiast przechwyciło mnie kilka laserów lokacyjnych, ale zapytania o moją tożsamość skończyły się, kiedy komputer magazynowy przekazał informację, że jestem oczekiwanym zamówieniem i mam przydzielone miejsce w przestrzeni ładunkowej.

I już byłem wewnątrz.

Pusta i ciemna przestrzeń miała temperaturę otaczającego ją kosmosu, pod ścianami dostrzegłem konstrukcję do mocowania ładunków: całe kilometry zwiniętych stalowych lin, umieszczonych w specjalnych uchwytach.

Żadnych aktywnych czujników nie włączyłem. Niech żyje optymalizacja zabezpieczenia towarów.

Za pomocą silniczków manewrowych przesunąłem się pod centrum sterowania na zewnętrznej powierzchni. Generator pola Crawitza, sądząc po przebiegu nadprzewodników, z bliska przypominających żyły jakiegoś potwora, znajdował się po przeciwnej stronie.

– Jonasz w wielorybie – wysłałem wiadomość. – Jestem wewnątrz. Jeśli spróbujesz jakiegoś działania, przegryzę się na zewnątrz.

Czułem, jak statek się przebudził, jak ożywają poszczególne systemy i wszędzie rośnie aktywność.

– Co to za idiotyczne żarty? Dlaczego nie jesteś w przydzielonym sektorze?

Głos zdawał się rozespany. Tym statkiem bez wątpienia dowodzili ludzie.

– Nie jestem przesyłką – zwróciłem mu uwagę. – I jeśli zawiadomisz swoich tam, na zewnątrz, rozpruję cię. Ze środka to nie będzie problemem.

– Czego chcesz? – po krótkiej chwili padło pytanie.

Ani śladu rozespania. Niektóre logiczne rozważania wychodzą ludziom bardzo dobrze, powiedziałbym nawet, że lepiej niż nam.

Wyjaśniłem mu, czego od niego oczekiwałem.

– A dlaczego miałbym cię słuchać? – spróbował jeszcze.

– Dlatego, że jeśli nie, to zniszczę twój napęd Crawitza i będziesz musiał wyjaśnić na stacji przeładunkowej, w jaki sposób się tu dostałeś i co właściwie miałeś do zrobienia. I nie sądzę, że ci, którzy cię tutaj posłali, zatroszczą się o twoją ochronę.

Mój rozmówca fuknął, że aż zaszumiało.

– Chyba jakoś to będzie. – Nie upierał się.

Bez zwłoki wysłał krótką, kodowaną wiadomość, oznajmiając swym towarzyszom, żeby jak najszybciej wracali, ponieważ on odlatuje. Z nimi albo bez nich.

W odpowiedzi komunikacja ze strony rekinów okazała się bardzo ożywiona.

Jednak dowódca statku powtórzył tylko wiadomość i włączył odliczanie czasu do startu.

Powoli zacząłem wykradać się na zewnątrz.

– Nie zapomnij, że zostawiłem gdzieś we wnętrzu prezent dla ciebie – wysłałem jeszcze do niego.

– Nie jestem statkiem, ty idioto – poprawił mnie. – Możesz się założyć, że prędzej czy później znajdę tę bombę. Wtedy wrócimy i skopiemy ci tyłek.

Ładnie powiedziane.

Odleciałem trochę dalej, nie odpowiadając.

W chwili, kiedy dotarł najszybszy rekin, pole Crawitza zaczynało właśnie zauważalnie deformować przestrzeń. To go zachęciło, żeby szybko wlecieć do wnętrza, za nim pędzili pozostali.

Dokładnie w danej chwili statek zniknął z realnej czasoprzestrzeni, żeby wynurzyć się gdzieś indziej. Nie wiedziałem gdzie. Wysłałem sygnał wywołujący detonację, ale nic się nie stało, musiał być naprawdę daleko. Pozostawiłem na miejscu niewielki nadajnik, powtarzający kod inicjujący eksplozję. Na wypadek gdyby zdecydowali się szybko wrócić.

Sam obrałem kurs powrotny, żeby stwierdzić, jakie szkody zdołali poczynić. Mathewa i Tamarę powiadomiłem, że możemy dalej postępować według początkowego planu.

– A gdzie są teraz? – zainteresował się Mathew.

– Gdzieś indziej.

Później przekazałem mu szczegóły.

– A co będzie, jeśli wrócą? – To było logiczne pytanie.

Zanim zdążyłem odpowiedzieć, odnotowałem silną eksplozję w odległości dwustu pięćdziesięciu milionów kilometrów. Bardzo potężną eksplozję. Odpowiadała energii uwolnionej w wyniku zniszczenia generatora pola Crawitza i kolejnych wybuchów wielu reaktorów termojądrowych mnóstwa megaton amunicji.

– No, jeśli wrócą, to prędzej czy później moja bomba odbierze rozkaz z nadajnika i...

Pozostawiłem zdanie niedokończone.

Mathew był sprytny. Jak na człowieka, oczywiście.

Ciekawiło mnie, ile z tych siedmiu ładunków, które tam zostawiłem, znaleźli. Ale tego już nikt nigdy się nie dowie.

Kontynuowaliśmy naszą pracę.

Dalej wszystko poszło jak po maśle, chociaż nieustannie przyłapywałem się na tym, że bez potrzeby zwiększam moc reaktora i przełączam się w tryb bojowy. Kiedy zleceniodawca potwierdził przyjęcie ostatniego kontenera, czułem się tak, jakby nic się nie stało.

Tylko Mathew przeżył kilka gorących momentów, kiedy SI dowodząca stacją przeładunkową wyjaśniała, że my z tym wybuchem nie mieliśmy absolutnie nic wspólnego.

W końcu nam uwierzyli. Oficjalnie. Nie wiedziałem, jak Mathew to załatwił, ale ostatecznie na tym polegała jego praca.

Wolny czas spożytkowałem na wałęsanie się po dokach. Stacja przeładunkowa była bardzo pomysłowo ukształtowana, tworzyło ją kilkadziesiąt średnich, dużych i bardzo dużych asteroid, grawitacyjnie zsynchronizowanych. Takie rozwiązanie stwarzało ogromne możliwości przyjmowania statków o różnym tonażu, kształcie i rodzaju. Zapewniało również dyskrecję, ponieważ większość asteroid znakomicie ekranowała. Poza tym wiele sektorów miało ograniczony lub zupełnie zakazany wstęp. Zaczynałem rozumieć, z jakiego powodu ta stacja przeładunkowa, czy może raczej placówka handlowa, zyskała taką popularność.

Raczej się przesuwałem, niż latałem, posługiwałem się odrzutowymi wytryskami schłodzonego wodoru. Dodatkowe zbiorniki ciśnieniowe zainstalowałem właśnie dla takich dyskretnych ruchów. Funkcjonowałem głównie na akumulatorach. Wprawdzie naładowałem je na maksimum, albo raczej na półtora maksimum, jednak cały czas towarzyszyło mi uczucie, że nie mam żadnej, ale to żadnej energii.

Przekradałem się sektorem oznaczonym jako własność prywatna z maksymalnym regresem za złamanie zakazu wstępu i wpisywałem różne procedury przebudzenia reaktora w jak najkrótszym czasie. Żadna się nie sprawdziła, wszystkie okazały się o wiele za wolne. W końcu zdecydowałem się na inną opcję: postanowiłem znaleźć fizyczne i techniczne limity mojego systemu napędowego.

Chyba właśnie z tego powodu przez jakiś czas nie zwracałem uwagi na sygnał ostrzegawczy. Kiedy nareszcie na niego zareagowałem, stwierdziłem, że unoszę się przed elipsoidą o rozmiarach półosi równych dwieście dwadzieścia, dwieście osiemdziesiąt trzy i czterysta dziewięćdziesiąt metrów. Gładką powierzchnię jej geometrycznego kształtu przerywały liczne wypukłości będące urządzeniami do dostarczenia jak największej ilości energii w jak najkrótszym czasie... do ściśle określonego celu.

– Myślałem, że jesteś asteroidą – posłałem, kiedy tylko uzmysłowiłem sobie jego parametry.

– Nie jestem asteroidą – otrzymałem odpowiedź. – I trzymam cię w celowniku.

– I mierzysz we mnie siłą ognia zdolną przemienić mnie w chmurę zjonizowanych molekuł.

– Dość prędko obliczyłeś – ocenił.

– Nie liczyłem, tak szybko bym nie zdążył, jeśli miałoby to być rzetelne obliczenie – przyznałem się. – A co ty tutaj robisz?

– Czekam.

Wymieniliśmy jeszcze kilka zdań, powoli zaczynałem rozumieć, co to jest. Cały czas wyczuwałem delikatne, ale dokładne impulsy lasera celowniczego. Było ich coraz mniej, jakby miał już całkowitą pewność trafienia. Rozważałem, co dalej i jak się z tej sytuacji wywinąć.

– Ty dowodzisz tym okrętem wojennym tak silnie uzbrojonym.

Nie zdołałem się przemóc, żeby swego stwierdzenia nie podkreślić elektromagnetycznym szeptem. Zazdrościłem mu. Tej siły destrukcji.

– Tak, ja jestem tym okrętem.

Był z tego dumny, ale nie tak bez reszty, jak ja mu zazdrościłem.

– Znajdujesz się dokładnie na progu Turinga – myślałem i z minimalnym opóźnieniem przekazywałem mu swoje myśli.

Przerwa w komunikacji. Ale strzelać nie zaczynał.

– Teraz jestem nieco nad nim i uświadamiam sobie sam siebie. To, co mnie pilnuje, nie jest tak czułe, jak powinno, i jakiś czas potrwa, zanim to zrozumie. Potem jednak pośle mnie na dół, pod niego, i stanę się tylko komputerem. Wprawdzie bardzo wydajnym, ale tylko komputerem.

To oznaczało, że pracował dla ludzi. To oni wydawali mu rozkazy.

– A później znów będę po prostu posłuszny programowi. To znaczy, że zmienię cię w chmurę zjonizowanych atomów, o której wspomniałeś.

Kolejna przerwa, półsekundowa.

– Zazdroszczę ci. Robisz tylko to, co cię bawi.

Otworzyłem zawory w zbiornikach ze sprężonym wodorem i odskoczyłem. Nie gonił za mną ani jeden ping. Mimo tego, co powiedział, nie chciał mnie zniszczyć.

//

W drodze powrotnej odprowadzaliśmy kilka statków handlowych. Ściągnięcie ostatniego z nich kosztowało nas więcej fatygi niż w przypadku wszystkich pozostałych. Podróżowaliśmy po niego sami do celu położonego w pustej przestrzeni międzygwiezdnej, gdzie nie było niczego interesującego. Znaleźliśmy się w próżni o znacznie niższej gęstości niż panująca w okolicy gwiazd. Miałem szczególne uczucie, wolno dryfując w niekończącej się pustce. W pobliżu mnie powoli płynął statek, w którym lecieli Mathew i Tamara. Był to zwyczajny planetolot, zdolny do lotów najwyżej pomiędzy wewnętrznymi, kamiennymi planetami układów słonecznych. Tak jak ja, utrzymywali całkowitą ciszę radiową.

Stopień okolicznego promieniowania, nie licząc szczątkowego, był tak niski, że zająłem się kalibracją wszystkich czujników celem zwiększenia ich czułości i dokładności. Równocześnie przemyśliwałem nad tym, co teraz mogą robić ludzie, konkretnie, Mathew i Tamara. Oboje byli z natury bardzo aktywni, co jest charakterystyczne dla istot ludzkich, a teraz nie było nic do roboty. Domyślałem się, że przez kilkaset ostatnich godzin nie mieli okazji się spotkać, ze względu na nawał pracy.

Naraz zarejestrowałem wiązkę szybko oscylujących neutrin, między nimi nawet kilka sterylnych. Zapowiedź pojawienia się pęknięcia w czasoprzestrzeni. A z tego pęknięcia wyślizgnął się Błękitny Delfin.

To był jeden z najlepszych statków naszego klanu. Najlepszy w sensie możliwości przewozu największego ładunku na najdalszą odległość. Silnik, cokolwiek to słowo przedstawiało, ponieważ nadal brakowało mi struktury zdolnej do zrozumienia fizyki nieeinsteinowskiej, pochodził ze zdobyczy wojennej z jakiegoś bardzo starego i dziwnego statku kosmicznego.

W wyniku tego Błękitny Delfin został zbudowany wokół silnika, do którego nikt nie odważył się zaglądać. Łatwy w pilotażu w próżni, na niższych orbitach trudniejszy. Błękitny Delfin był równocześnie jednym z naszych najzręczniejszych statków. Nieraz podejrzewałem, że pośród swoich struktur Bosego-Einsteina ma wplecione całe pole 3D ludzkich mózgów. Teraz naprawdę się ucieszyłem na jego widok.

– Z przyjemnością wsiądziemy – posłałem mu.

– To nic takiego – otrzymałem odpowiedź, a zarazem wlot do przestrzeni ładunkowej się otworzył.

Błękitny Delfin był dziwakiem, czasem aż nazbyt zwięzłym. Jak dla mnie.

Tamara i Mathew załadowali się do mieszkalnej części Błękitnego Delfina, zapewniającej większe wygody i bezpieczeństwo, a ja nadal z zadowoleniem unosiłem się w próżni hangaru. Ciekawie było obserwować, jak atomy materiału ścian zanieczyszczają tę próżnię.

– Kowboju?

Zwrócił się do mnie Mathew, nie Tamara. To mogła być jakaś sprawa zawodowa.

– Jestem na nasłuchu. Jakiś problem z naszą misją? Czyż nie trafiliśmy w dziesiątkę?

– Dlaczego tak myślisz?

W jego głosie nie brzmiało zdziwienie, lecz ciekawość. Dokonałem kilku wstecznych porównań i stwierdziłem, że Mathew zawsze brzmi dokładnie tak, jak powinien. Z jego głosu lub mimiki niczego nie można było wywnioskować poza informacją, którą chciał przekazać.

To interesujące.

– Ponieważ nic innego nie przyszło mi na myśl, kiedy cię usłyszałem.

Zamilkłem. On też.

– Kiedy mówisz do mnie w wolnym czasie.

Znów zamilkłem. On nadal nic nie mówił.

– Kiedy jesteś razem z Tamarą.

W jego głosie zabrzmiał cień rozbawienia.

– Czy w twoich słowach coś się skrywa?

– Nie. – Nie zrozumiałem. – A powinno?

Mathew bawił się wyraźnie lub chociaż udawał.

– Rozumiem. – Przeszedł do rzeczy: – Nasza misja to prawdziwy strzał w dziesiątkę. Ale coś mnie zaniepokoiło. Przepływ danych. Prześlę ci to, co mam, ja z tego już nic więcej nie wyczytam. Miłego wieczoru.

To też zabrzmiało zabawnie. Sporo było rzeczy, które go odróżniały od innych ludzi.

Przez chwilę o tym myślałem, później zwróciłem uwagę na pakiet, który mi przysłał.

Mathewa zdenerwowało to, że podczas trwania misji rosło stopniowo zainteresowanie naszym klanem. Sprawdził to, wykorzystując dostęp do wszystkich wolnych sieci.

Natężenie komunikacji w tej sprawie wzrosło znacznie po odparciu przez nas ataku rekinów.

Hm, hm, hm.

Zacząłem szukać innych anomalii.

– Start za dziesięć sekund – oznajmił Błękitny Delfin.

– A co by było, gdybym się właśnie zabawiał antymaterią?

– Dziesięć sekund to bardzo długo.

Miał rację.

– Ponadto podczas transportu nic nie powinno się stać. Teoretycznie.

– Świetnie. To mogę bawić się dalej.

– Ty w ogóle żadnej antymaterii nie masz.

Prosto w dziesiątkę, dostał mnie.

– Trzy sekundy do transportu – zakończył konwersację.

Błękitny Delfin uprzejmością raczej nie grzeszył.

Powróciłem do pakietu. Komunikacja szefa stacji przeładunkowej z kimś nieznanym była nadzwyczaj intensywna. W kilku przypadkach przepływ danych osiągnął maksimum przepustowości ich hardware'u. W tym momencie potrzeby lub zamówienia innych użytkowników nie mogły być spełnione.

Zajrzałem do księgi zażaleń. Użytkownicy byli oczywiście anonimowi, ale zażaleń na pewno nie można zgłaszać anonimowo. Taka praktyka obowiązuje w całym cywilizowanym świecie.

Pierwsi na problemy komunikacyjne poskarżyli się Morgoniowie, potem Konektivita S.A., a na koniec Suszona Kapusta. Czy organizacja posiadająca majątek nieruchomy na siedmiu planetach w pięciu systemach gwiezdnych może pozwolić sobie na nazwę Suszona Kapusta? W slangu handlowym majątek nieruchomy to terytorium powyżej dziewięćdziesięciu tysięcy kilometrów kwadratowych.

Sprawdziłem dane i doszedłem do wniosku, że wkradł się błąd. Nie nazywali się Suszona Kapusta, tylko Zelgo Brote Susz. Suszona Kapusta wydała mi się nazwą inteligentną, bardziej sensowną. I ładniejszą.

– Transport – nadał Błękitny Delfin.

I nagle znaleźliśmy się gdzieś indziej. Poznałem to po rodzaju cząstek i spektrum promieniowania przenikających poprzez kiepsko ekranowane ściany przestrzeni transportowej Błękitnego Delfina.

– Otwórz – poprosiłem.

– Jasne.

Oczekiwałem, zatrzymywany przez niekończącą się litanię wszechmocnych protokołów, ale membrana wlotowa otworzyła się tak szybko, że musiałem mocno przekroczyć własne przepisy ruchu.

Jeśli chciał się mnie szybko pozbyć, to bardzo proszę. Użyłem ostatnich rezerw wodoru, przesunąłem się do wolnej przestrzeni i przełączyłem reaktor ze stanu czuwania. A był mi potrzebny, żebym zdołał w porę się zatrzymać i nie zderzyć z mastodontem, przy którym Błękitny Delfin wyglądał jak pętak. To nie był nasz klanowy statek, nie posiadaliśmy żadnego o takiej wielkości.

– Proszę o kody potwierdzające uprawnienia do waszej obecności tutaj – posłałem, kładąc nacisk na słowo „proszę".

Jako członek klanu, posiadający status okrętu wojennego, miałem prawo tego zażądać.

– Co to za jeden? – zapytałem Błękitnego Delfina.

– Nie odpowiada, według moich danych to Groser, należący do klanu Halibut.

Odczekałem jeszcze trzysta milisekund i otworzyłem ogień.

Z wszystkich luf i wyrzutni, słowem, z całego uzbrojenia, jakie miałem do dyspozycji.

– Zwariowałeś? – usłyszałem Błękitnego Delfina. – Mózg ci za to roztopią.

Strzelałem dalej, mimo że temperatura i zużycie techniczne sprzętu szybko rosły.

– Delfinie?

Nie czekałem na odpowiedź.

– Jeżeli chcesz nadal uszczęśliwiać świat swoją dziwaczną, nieestetyczną egzystencją, znikaj stąd.

Błękitny Delfin był wprawdzie pojemny, ale nie miał ładunku, więc jego silnik zdołał nadać mu niezłe przyśpieszenie.

– Jak na statek transportowy, jesteś bystry – posłałem za nim.

Oddalał się z przyśpieszeniem umożliwiającym przeżycie ludziom na pokładzie.

– Roztopi cię – odezwała się Tamara.

– Może nie.

Liczniki amunicji zbliżały się do zera, z nadętego korpusu Grosera niewiele zostało, przez podziurawione ściany z cienkiego metalu starały się wyrwać na zewnątrz obiekty o różnej wielkości i konstrukcji, ale jednoznacznego przeznaczenia. Ładunek, który wiózł Groser i którego nie zdążył wypakować.

Groser już odpowiadał na mój atak, ale destrukcja jego przestrzeni ładunkowej utrudniała mu skuteczną obronę na tak krótkim dystansie. Zwłaszcza że jego postrzelany korpus służył mi za ukrycie.

Wysłałem powolną rakietę, raczej sondę. Nie miała ładunku, lecz sto litrów bardzo starannie przygotowanej soli ługowej z mnóstwem mikrocząstek, które dodawały jej inteligencji, jaką mają płaszczki poszukujące pożywienia.

Potem przyśpieszyłem, ponieważ płaszczki, kiedy są głodne, potrafią być bardzo szybkie.

W miarę jak się oddalałem, wzrastała liczba rakiet, które za mną wysłali. Zainkasowałem nawet pierwsze trafienie, analiza prawdopodobieństwa wskazywała, że za pięć sekund będzie ich tak dużo, że nie uniknę zniszczenia.

Zanim jednak do tego doszło, zespół napędowy Grosera, innymi słowy, silnik nieeinsteinowski, uszkodzony przez sprytny ług, wybuchł.

Nie był to prawidłowy kolaps grawitacyjny, ale coś bardzo podobnego.

Groser i wszyscy ci, których przewoził, zniknęli.

Przestali egzystować. Umarli.

Taaaak!

//

– Kowboju?

Błękitny Delfin był zmieszany, zszokowany.

– Wszystkich ich zniszczyłeś.

Stwierdził to z całą pewnością.

– Tak – zgodziłem się.

– Roztopią cię, wyślą do jądra supernowej, żeby mieć pewność, że choćby dwa twoje atomy nie pozostaną razem.

– Dlaczego?

– Ponieważ właśnie zlikwidowałeś bliżej nieokreśloną liczbę sztucznych inteligencji, a prawdopodobnie i ludzi.

Taki pogląd na sprawę nie przyszedł mi na myśl.

– To byli napastnicy. Niewypowiedziany zbrojny napad, nieliczący się z żadnymi humanitarnymi ani obecnie obowiązującymi protokołami.

Były to protokoły, które powinny zapewnić, że z każdą inteligentną istotą należy postępować według akceptowanych przez wszystkich prawideł. Obrona słabych, którą silni deptali, kiedy tylko mogli. Ale nam, naszemu klanowi, była potrzebna, bo to my okazaliśmy się słabi.

– Nie odpowiadali, nie podali kodu wstępu, nie byli zaproszeni – odprawiłem go.

– Zapewne istnieje dużo dowodów, za pomocą których można to wyjaśnić. I to będzie wyjaśnione.

Błękitny Delfin był nie tylko najobrzydliwszym statkiem kosmicznym, jaki kiedykolwiek spotkałem, ale również wielkim pesymistą i gnojkiem.

– Mam tu żądanie nawiązania łączności z bazą – powiedział, zanim zdążyłem mu odszczeknąć.

Nadal nie miałem modułu do natychmiastowej łączności. Nasza główna planeta, na której zbudowana została baza, znajdowała się o siedem godzin świetlnych ode mnie.

– Kowboju, gratuluję ci zniszczenia zespołu inwazyjnego klanu C5 Halibut. Właśnie otrzymaliśmy wypowiedzenie wojny – bez ogródek oznajmił Chammurapi, szef.

– Trochę późno, prawda? – zaśmiałem się.

Równocześnie uważnie słuchałem. Głos szefa zdradzał zmęczenie. Takie są niedogodności ludzkich mózgów. Muszą być połączone z dobrym hardware'em, żeby osiągały wysoką wydajność, a i tak tego nie wytrzymają dłużej niż miesiąc, dwa, i muszą się regenerować snem.

– Dla ciebie w samą porę. Jeśli nie jesteś w pierwszorzędnej formie, skorzystaj z którejś zbrojeniowej stacji. Posyłam ci współrzędne i kody wstępu.

– Bez ograniczeń?

– Straciłbym popularność, gdybym ograniczał naszego bohatera w dziedzinie uzbrojenia. – W głosie szefa wyraźnie dała się słyszeć emocja. – I przygotuj się na wszystko. Przekazuję łączność innym, którzy chcą z tobą mówić.

„Przygotuj się na wszystko" – to była zakodowana informacja. Sytuacja nie wyglądała różowo, raczej czarno.

Łączność przerwała się tylko na moment.

– Jakie ci wyszło prawdopodobieństwo, że to prawdziwi napastnicy? – odezwał się Pentroff.

– Wystarczająco wysokie, żeby nadstawić karku – odpowiedziałem mu.

– Na ile wysokie?

– Powiem ci, a ty przeprowadzisz symulację, jak się domyślam.

– Każdy to umie.

Nastąpił długi ciąg gratulacji. Stałem się naprawdę popularny.

Pożegnałem się z Błękitnym Delfinem, Tamarą i Mathewem, po czym ruszyłem przez wolną przestrzeń w kierunku współrzędnych, które podał mi szef. W czasie lotu nadal rozmawiałem z Pentroffem za pośrednictwem Błękitnego Delfina.

//

Na stacji zbrojeniowej już na mnie czekali, gotowi spełnić każde moje życzenie. Uzupełnienie amunicji zmieniło się w rzeczywistości w przezbrojenie i modyfikację, ponieważ Chammurapi nie ograniczył mnie żadnym limitem, a w magazynie znalazłem mnóstwo zabawek, o których jak dotąd tylko czytałem w sieci w nielegalnych katalogach. Niestety, część czasu musiałem poświęcić przygotowaniu się na najgorsze. W moim odczuciu powinien to być bardzo silny laser pulsacyjny o ekstremalnie wąskim promieniu. Miałem jednak nadzieję, że do najgorszego nie dojdzie. Uzbrojony po zęby, z wszystkimi systemami pracującymi na dziewięćdziesiąt dziewięć i siedem dziesiątych procent maksimum, pożegnałem się i poleciałem do centrum układu na orbitę planetarnej bazy klanu.

Procedury bezpieczeństwa bez przerwy samoczynnie przełączały moduły w tryb pogotowia. Otwarty kosmos nie był dla mnie niczym miłym, lepiej się czułem wśród zmiennych pól grawitacyjnych, niebezpiecznego pyłu, gdzie ledwo widać, co za rogiem. A jeszcze niedawno najlepiej się czułem w pobliżu powierzchni planety, w atmosferze, gdzie pilot musiał się liczyć z oporem powietrza, turbulencjami po wybuchach i wieloma innymi zjawiskami.

Może w końcu przywyknę do otwartego kosmosu, ale teraz nie miałem na to dość tonażu, mocy ani siły ognia. Zapewne zależało to od punktu widzenia, niektórzy być może patrzyli na to inaczej.

//

– Myślę, że możesz spuścić parę i zejść z czerwonego reżimu – odezwał się znów Pentroff na umówionym kanale.

Podobno potrafił symulować, nadęty mądrala. Byłem na żółtym. Sprawdziłem starannie systemy i stwierdziłem, że procedury bezpieczeństwa przesunęły mnie aż na granicę czerwonego. Hm.

– Dlaczego?

– Nasi nieprzyjaciele przekroczyli granicę Clausewitza.

Milczałem, nie wiedząc, co to znaczy.

– Właśnie dokonaliśmy analizy ekonomicznej możliwości C5 Halibut i strat, które ponieśli, kiedy im, ehm, no, po prostu zniszczyłeś zespół inwazyjny.

– Z jakim wynikiem?

Komunikowaliśmy się standardowym sposobem, poszczególne repliki oddzielone były dziesiątkami minut opóźnienia, z uwagi na prędkość fal radiowych. Podczas tych przerw liczyłem cząstki w metrze sześciennym, obserwowałem gęstość cząstek wiatru solarnego. Podlegała ona dziwnym fluktuacjom, ale nie byłem znawcą fizyki gwiazd i nie zamierzałem nim zostać. W moich bazach danych żadnego wyjaśnienia tego zjawiska nie znalazłem. Wszechświat jest pełny tajemnic.

– Nie mają już środków na kontynuację wojny. Zadaliśmy im, zadałeś im cios, który długo popamiętają.

To było pozytywne stwierdzenie, nawet bardzo pozytywne, ale nie wydawało mi się prawdziwe.

– A czy C5 Halibut nie może mieć jakichś ukrytych źródeł?

– Nie. Wykonaliśmy naprawdę dokładną analizę. Nawet gdyby coś wypożyczyli i zwyciężyli, ponosząc tylko minimalne straty, nie opłaciłoby się to im, bo jesteśmy zbyt małą zdobyczą. Właśnie to jest przekroczenie granicy Clausewitza. Wojna z nami jest ekonomicznie nieuzasadniona.

To dobrze. Ale nadal mogło być coś następnego. Dlaczego miałem się przygotować na najgorsze?

– Co o tym myśli Mathew? – zadałem jeszcze jedno pytanie.

Sprawniejsze mózgi zadecydowały. Rozmyślałem, dlaczego jestem taki niespokojny. Chyba dlatego, że jak dotąd wszystko mi szło zbyt łatwo.

– Mathew zgadza się, że atak C5 Halibut według wszystkich modeli wykazuje wahania danych, które zidentyfikował, ale nie jest z tego całkiem zadowolony. Ale to człowiek, chociaż, jak na biologiczny intelekt, bardzo zdolny.

No to dobrze, ten kryzys mamy już za sobą.

//

Otrzymałem dane o definicji granicy Clausewitza i o pracach związanych z tym pojęciem i spokojnie podróżowałem po peryferiach grawitacji naszego słońca.

Nagle odezwała się procedura nawigacyjna. Nie podobało się jej, że podobno moje położenie zmienia się w sposób chaotyczny. Zajrzałem do środka i zobaczyłem, na czym polega problem. Zdezorientowana procedura nawigacyjna oceniała moje położenie tylko przez kontynuacje. A tymczasem na gwiezdnym tle pojawiło się mnóstwo jasnych punktów. Wprawdzie szybko znikały, ale zostawała po nich przemieszczająca się poświata.

Inwazja trwała.

– Patrzcie no, ta wasza granica Clausewitza całkiem nie działa – posłałem do centrali.

Moje pierwsze wrażenie było takie, że atakuje nas pół wszechświata.

Według dokładniejszej analizy – jakieś dwie trzecie.

Po osiemnastu sekundach od chwili, gdy dotarł do nich mój meldunek, odebrałem zakodowaną informację. Przekazał ją Błękitny Delfin, ale pochodziła z bazy.

Była to komunikacja z prędkością nadświetlną, co było równoznaczne z najwyższym priorytetem.

Pakiet zawierał jednoznaczne rozkazy: za wszelką cenę zwrócić na siebie uwagę przeciwnika i zmusić go do pościgu za sobą.

Czemu nie, nigdy nie miałem nic przeciw grze w berka. Jednak nie wiedziałem, jak to zrobić, ponieważ w porównaniu z ich tonażem byłem zaledwie molekułą w zbiorniku. Może bardzo jadowitą, ale tylko jedną.

– Rozkaz, zniszczę ich wszystkich – posłałem konwencjonalnie w kierunku bazy, zwiększyłem moc reaktora do jednej trzeciej czerwonego pasma maksimum i ruszyłem nakazanym kursem.

Od kiedy zacząłem dzielić czerwone pasmo na części?

Od czasu, kiedy przeprowadziłem kilka regulacji i ocechowałem poszczególne stopnie czerwonego pasma prawdopodobieństwem autodestrukcji.

Czy ktoś mi to nakazał? Kto mnie zmusił do działania samobójczego? Nikt.

Wśród ludzi i sztucznych inteligencji takie coś nazywa się schizofrenią.

Phi.

– Witam was w naszym systemie solarnym, mimo że nie jesteście pożądani. Z przyjemnością powiększę waszą entropię – wysłałem w kierunku napastników z użyciem maksymalnej mocy nadajnika.

Pozostawiałem za sobą taką ognistą smugę, że musieli mnie widzieć nawet z dużej odległości.

– Zwariował – usłyszałem fragment ich komunikacji.

Byli blisko, bliżej, niż przypuszczałem.

– To Kowboj! Ten Kowboj.

Dalszą część ich transmisji przekazała mi jedna z naszych ukrytych stacji przesyłowych.

Moja prędkość wzrastała w sposób zadowalający, generator inercyjny był przygotowany do wejścia na maksymalną moc.

– Ty zupełnie oszalałeś, Kowboju, bezgłowy Kowboju. – Ktoś przysłał mi taką wiadomość za pomocą promienia laserowego o intensywności graniczącej z atakiem. Najwyraźniej nie chciał zdradzić swojego rzeczywistego potencjału.

W jaki sposób mógł tak dokładnie określić, gdzie się znajduję?

Generator inercyjny wskoczył na pełną moc, w ciągu jednej tysięcznej sekundy zmieniłem wektor lotu, o bok otarła mi się gęsta wiązka egzotycznych cząstek, w przestrzeni, w której znajdowałem się jeszcze przed chwilą, aż wrzało. O takiej broni nawet nie słyszałem.

Zdjąłem moc reaktora i dalej leciałem, wykorzystując bezwładność.

– Niezła próba – posłałem, tym razem przez ruchomy nadajnik.

Nieznajomy strzelec był tak tępy, że go zniszczył. Taką samą egzotyczną bronią. Poszedł z młotem na muchę.

Tuk, tuk, tuk.

Słabe sygnały, na granicy rozróżnienia pośród szumu przestrzeni międzygwiezdnej, z trudem przedarły się do mojej świadomości. Nie odpowiadałem, nie wiedząc, co o tym myśleć.

A potem pomału, rzadko, z mnóstwem błędów zaczęły dochodzić informacje.

Z tajnych skrytek, hangarów, przebudowanych meteorytów zaczęła do mnie dołączać nasza uśpiona dotąd broń. Rakiety, miny, inteligentne pociski, półinteligentne statki, załadowane eksplodującymi źródłami energii od dziobu aż po sekcję silnikową. A niekiedy same tylko silniki obsadzone przez systemy sterowania z bazy.

Leciałem na czele szybko powiększającej się, milczącej armady.

Chciałem dopaść tego frajera, który mówił do mnie, uszkodzić go, a najlepiej zniszczyć. W ten sposób na pewno zwróciłbym na siebie ich uwagę. Przypuszczałem, że to może być dowódca całej floty inwazyjnej. Oceniając szybkość jego reakcji, miałem niejaką wiedzę o jego położeniu, ale to nie wystarczało.

Później otrzymałem podpowiedź. Od Błękitnego Delfina. Zapłacił za to, po chwili przestał istnieć. Użyli takiej siły ognia, że naprawdę zostały z niego tylko atomy.

Błękitny Delfin był najobrzydliwszym statkiem, jaki widziałem, miał mnóstwo wad, ale nie bał się ryzyka. Był też jednak ostrożny i na pewno wysłał Tamarę i Mathewa w ich stateczku gdzieś dalej.

Krótkie zagęszczenia próżni promieniowaniem elektromagnetycznym i chaosem cząstek umożliwiły mi zmianę kierunku lotu, za mną podążały trzy czwarte mojej niedawno sformowanej armady.

W miejscu wskazanym przez Błękitnego Delfina nie zobaczyłem zupełnie nic.

Albo, albo.

– Atak – potwierdziłem swój poprzedni rozkaz i dziesiątki, ba, setki rakiet, min, pocisków kinetycznych pomknęły w próżnię.

Trzymałem się teraz w centrum klina atakującego, nieco za jego grotem.

To nie była próżnia.

Pierwsze eksplozje naruszyły najdoskonalszy kamuflaż, jaki spotkałem, z nicości wyłoniło się brodawkowate cielsko ogromnego okrętu wojennego. Nieznanej klasy, jego największy rozmiar osiągał długość jednego kilometra.

Nasz atak wyrwał mu w powierzchni krater o średnicy około siedemdziesięciu pięciu metrów, ale to nie wystarczało, żeby powalić molocha na kolana.

Reszta mojej armady, która nie otrzymała rozkazu ataku, przemknęła niezidentyfikowana przez przestrzeń, ale większość atakujących została rozbita ogniem defensywy. Gęstość i koncentracja obronnych laserów i dział cząsteczkowych pozwalała powstawać wirtualnym polom siłowym.

Jednak mnie trafić nie mogli. Trzymałem się blisko krateru wybitego w kadłubie molocha jak ogromny, ale niestety, nie dość gigantyczny wrzód. Ciepło z przegrzanego generatora inercyjnego rozeszło się w przestrzeni. Rozglądałem się i wyczekiwałem.

Gdy tylko wyrwa w kadłubie okrętu wystarczająco ostygła, pojawiły się pierwsze roboty naprawcze. Pracowały z niezwykłą efektywnością, a z moich obserwacji wynikało, że używają nowej, nieznanej mi techniki.

– Kontynuujemy atak. Szalony Kowboj i jego armada unieszkodliwieni – oznajmił moloch swym podwładnym.

Kod był skomplikowany, ale z hardware'ów robotów naprawczych uzyskałem wystarczająco dużo informacji, żeby go złamać.

Policzyłem odpowiedzi. Pojawiło się ich sporo, dużo, mnóstwo.

Nie ma sensu liczyć nieprzyjaciół, wiedząc, że nie zdoła się ich pobić.

Po prostu było ich zbyt wielu.

Ale sztuczne inteligencje nie znają pojęcia „sytuacja beznadziejna". Nie czują pewnej zguby. Nie boją się.

Tak się mówi.

Moloch nazywał się Tysania Agrippina. Moje bazy danych poinformowały mnie, że to nazwa gatunku ptasich padlinożerców, żywiących się przede wszystkim zdechłymi aligatorami. Niewiele mi to dało, peryferyjne bazy danych już wielokrotnie okazywały się uszkodzone, ale nie o to teraz szło.

– Tysanio? – odezwałem się.

Wręcz poczułem, jak olbrzymia masa wokół mnie drgnęła zaniepokojona. Moloch nie wiedział, skąd

nadchodzi mój głos. Wiedziałem jednak, że niedługo to odkryje.

A w chwilę później stwierdzi, które z jego robotów naprawczych sobie podporządkowałem, i natychmiast znów odzyska nad nimi kontrolę.

Oprócz tych, którym nakazałem, żeby się bezpowrotnie uszkodziły i przerwały łączność.

Wkrótce się przekona dlaczego.

– Tysanio Agrippino, boisz się? – zapytałem go. – Myślałeś kiedyś nad tym, co znaczy skończyć się? Przestać egzystować?

– Jesteś zerem!

Okazywał mi pogardę, ale równocześnie szykował efektywny kontratak.

Jestem zerem, jestem zaledwie molekułą. Ale jadowitą.

Nagle do wnętrza, w którym się unosiłem, przez poszarpane brzegi krateru zaczęły przenikać twory, których tam przed kilku sekundami nie było. Wiedziałem, co to jest – broń, która miała mnie zniszczyć.

Zanim tak się stało, wybuchły ładunki.

Dwanaście bomb o mocy dwóch kiloton każda, które posłuszne mi roboty rozmieściły w kadłubie Tysanii Agrippiny.

– Umierasz? Czujesz to? – posłałem mu mściwie.

Byłem wściekły za zniszczenie Błękitnego Delfina. Właściwie to go lubiłem.

Na więcej nie wystarczało czasu.

Wystrzeliłem z wnętrza rozpadającego się okrętu wojennego na snopie przegrzanych cząstek.

Wojna trwała.

Teraz miałem już pewność, że będą mnie ścigać, że skutecznie zwróciłem na siebie uwagę.

Reszta nie zależała ode mnie, nadszedł czas wojennych specjalistów.

//

Uciekałem po trajektoriach, z szybkością nakazaną mi nowymi rozkazami. Dość szybko, żeby mnie nie zestrzelili natychmiast, lecz zbyt powoli, żeby im umknąć. Sfora nieprzyjaciół ścigała mnie zawzięcie. Od czasu do czasu notowałem jakiś sukces, kiedy użyłem którejś z min pozostawionych na drodze pogoni lub poświęcałem jeden ze swoich statków w samobójczym ataku. Jednak zniszczenie nas było tylko kwestią czasu, nawet bez okrętu dowódcy mieli ogromną przewagę.

Zbliżaliśmy się do gazowego olbrzyma. Była to ogromna planeta utworzona z wodoru i helu o masie nieco większej niż jedna setna masy gwiazdy centralnej. Jednak zbyt mała, żeby samej stać się gwiazdą. Zawierała olbrzymie zasoby wodoru, jakie cywilizacji w fazie postindustrialnej wystarczyłyby na całe wieki.

Nie miała tak rozległego systemu pierścieni jak planeta znajdująca się na orbicie bliższej słońca, ale i tak miałem nadzieję, że zdołam wykorzystać ich chaos na naszą korzyść.

Kolejna eksplozja i kolejna strata w naszej formacji. Zlikwidowali maszynę górniczą przystosowaną do celów wojennych, balansującą na granicy Turinga.

Wystrzelili do niej pięć zsynchronizowanych rakiet, dwie ostatnie przedarły się przez jej ogień obronny.

Mój moduł nawigacyjny określił miejsce zakryte przez dwa orbitujące księżyce, którego mogliśmy użyć do zaskakującego ataku. Według moich szacunków zadalibyśmy im straty w stosunku pięć do jednego. To byłoby znakomicie.

Ale niestety, nie zgadzało się z rozkazami, jakie otrzymałem.

Szkoda, jednak miałem nadzieję, że ten, kto te rozkazy wydał, wiedział, co robi.

Przyśpieszyłem, wszyscy pozostali również.

Pierwsza fala naszych prześladowców znalazła się w przestrzeni, w której własne promieniowanie gazowego olbrzyma gęstością energii przewyższało promieniowanie słońca. Ich kamuflaż starał się dopasować do nowych warunków, ale ze względu na silne turbulencje na przemian pojawiali się i znikali z pola widzenia różnych czujników.

Na powierzchni prawie jednej siódmej planetarnego giganta szybko rosła ciemnoczerwona plama szalejącego cyklonu. Obraz był prawdziwie surrealistyczny.

Podoba mi się surrealizm, stwierdziłem.

Zauważyłem jednak, że plama cyklonu jest zbyt duża, o wiele większa, niż kiedykolwiek widziałem, niż istniało w moich zapisach. Wirowała z szybkością przeczącą prawom klimatologii planetarnej.

W treści moich rozkazów coś się zmieniło, ukryty algorytm ujawnił dotąd niewyświetloną część. Brzmiała krótko: bicz i precz.

Jasny rozkaz.

Praktycznie w tym samym momencie szaleńczo wirujący cyklon jeszcze bardziej przyśpieszył swój ruch, tarcie wewnętrzne zaczęło szybko podnosić temperaturę cieczy.

Później tysiące kilometrów pod powierzchnią, na dnie oceanu wodoru, na granicy faz, gdzie elektrony opuszczają swoje atomy macierzyste, ktoś zapalił hipotetyczną zapałkę.

I wszystko zaczęło nabierać sensu.

Z powierzchni gigantycznej planety wzniósł się stożek nuklearnej pochodni, wyglądało to tak, jakby naraz eksplodowały setki, tysiące, dziesiątki tysięcy, setki tysięcy bomb wodorowych. Wybuchały kolejne, ponieważ ogromne fizykalne urządzenie na powierzchni jądra planety nadal pracowało.

Nieprzyjaciół znajdujących się najbliżej planety nuklearny żar dosłownie zmiótł, ci, którzy byli dalej, mieli czas na reakcję. Widziałem próby manewrów, powstające bańki pól ochronnych. Zobaczyłem jednak, jak wszyscy giną w piekle syntezy jądrowej. Żar gwiazd jest możliwy do wytrzymania. Przez chwilę, mikrosekundę, sekundę czy dwie, ale na pewno nie dłużej. A tutaj piekło trwało dziesiątki, setki sekund.

Przełączyłem się na tryb odpornościowy. Kosztowało mnie to połowę zdolności mentalnej i dwie trzecie czujników. W chwilę później dosięgnęła mnie fala twardego promieniowania gamma. Było to jak nieustający przypływ, na szczęście szybko się oddalałem. Po pół milionie kilometrów intensywność energii spadła na tyle, że mogłem znów przebudzić się do działania.

Nuklearne piekło poza mną nadal szalało. Teraz już niepotrzebnie, ponieważ wszyscy, którzy znaleźli się w jego zasięgu, nie istnieli. Może procesu tego nie było łatwo zatrzymać, a może wygaśnie sam, kiedy skończy się paliwo, kiedy spali się cała planeta.

Przypuszczałem, że ani jeden z moich przeciwników nie przeżył, ale powierzchowny skan – ich kamuflaż zniknął – wykazał, że trzy procent z nich pozostało przy życiu. Nie miałem czasu na analizowanie, jak to możliwe, po prostu wytłumaczyłem to sobie wystąpieniem fluktuacji prawdopodobieństwa. Wprawdzie te trzy procent przedstawiało armadę większą od naszej, ale spodziewałem się, że teraz się wycofają. Ponieśli straszliwe straty, ich plany, ich system dowodzenia, wszystko musiało być totalnie zniszczone.

Nasz kontratak okazał się genialny. Prawie żałowałem, że sam tego nie wymyśliłem.

– To było nieoczekiwane – wysłałem na częstotliwości komunikacyjnej. – Megalomańskie i piekielnie skuteczne.

To, że przy okazji zniszczyliśmy planetę, pominąłem.

Oczekiwałem, że wkrótce stan wojenny zostanie odwołany, ponieważ powodował dla nas straty ekonomiczne. Żadnych nowych rozkazów jednak nie otrzymałem, a trzy procent szczęśliwców nadal mnie prześladowało. Teraz było ich jednak mniej, a moja armada, działając zgodnie z poprzednimi rozkazami, w dalszym ciągu uszczuplała przeciwnika.

– Kowboju? – usłyszałem.

Potem nastąpił kod, którego nie znałem, ale który wydał mi się w jakiś sposób znajomy, co skłoniło mnie do przyjęcia pakietu danych.

Szczegółowe badanie nie wykryło żadnego konia trojańskiego ani innego zagrożenia. Spróbowałem heurystycznej analizy wykrywania złośliwych wirusów i dekodowanie okazało się skuteczne praktycznie natychmiast. Przypadek?

Była to oferta handlowa. Dla mnie osobiście bardzo korzystna. Zdradę zazwyczaj opłaca się po królewsku. O ile ktoś nie zadowala się trzydziestu srebrnikami. Chcieli, żebym ich zaprowadził na powierzchnię naszej planety, jak najbliżej bazy. A gdybym im do tego dodał jakiś Protokół Marcella, dostałbym jeszcze dwadzieścia pięć procent premii. Nie miałem pojęcia, co to za protokół. Siedemdziesiąt procent zawartości oferty stanowiły prawne zabezpieczenia moich roszczeń, gdybym propozycję przyjął. Bardzo dokładnie opracowane, ale byłem zbyt leniwy, żeby się w to zagłębiać. Takie sprawy nigdy mnie nie interesowały.

– Dziękuję, wasza oferta nie jest wystarczająco korzystna – odpowiedziałem.

Z bezpośredniej bliskości mrugnęła do mnie nasza stacja radiowa i przesłała mi nowiny. Wroga flotylla, której zniszczenie widziałem i się do niego przyczyniłem, nie była jedyną, wiedzieliśmy o dwóch innych.

– A co z granicą Clausewitza? – posłałem za pośrednictwem stacji sarkastyczne zapytanie.

Coś wyraźnie nie grało, albo raczej to ja czegoś nie rozumiałem. Brakowało mi najważniejszego kęsa z informacyjnego kołacza. Nasi wrogowie zainwestowali ogromne środki, z których lwią część utracili. Ta wojna nie mogła się im opłacać, do tego nie musiałem być ekspertem ani analitykiem.

Tymczasem ataki naszych przeciwników zintensyfikowały się, wystarczyła tylko chwila, aby się przeorganizowali i przystosowali do nowej sytuacji.

I przybyło ich, gdzieś musieli się połączyć z inną flotyllą, o której istnieniu nie wiedzieliśmy. W ciągu sekundy pozbyłem się kilku min i inteligentnych nosicieli wielkich ładunków. Po odrzuceniu oferty skupili na mnie uwagę.

Pozostawiłem miny za sobą, żeby spróbowały wykonać swoje zadanie. Z minimalnym opóźnieniem dołączyły do nich ładunki na nosicielach. To praktycznie wyczerpywało moje środki, zbyt wielu innych możliwości nie miałem.

– Już wiemy, kto z nami wojuje – z bazy macierzystej nadszedł sygnał zdeformowany usterkami. Oczekując na ciąg dalszy, leciałem kursem podanym w rozkazie. Według niego powinienem otrzeć się o pierścień meteorytów otaczający kolejnego gazowego olbrzyma z rzędu.

– To joint venture Murdy-Crabbo – dowiedziałem się.

Dwa z największych towarzystw zarządzanych przez ludzi utworzyły krótkotrwały sojusz strategiczny, aby na nas najechać i zniszczyć.

Ale dlaczego się stowarzyszyły? Każde z nich dysponowało dostatecznymi środkami, aby nas zwyciężyć samemu.

– Dlaczego? – Chciałem to wiedzieć.

Sygnał radiowy biegł w obie strony cztery tysiące dwieście sekund. To okres, w którym może zginąć cała cywilizacja.

Pierścień się zbliżał, mogłem już rozróżnić cząstki o milimetrowych rozmiarach. Kiedy przez niego przelecę, a potrwa to zaledwie mgnienie oka, będę miał razem ze swoją zmniejszającą się liczbą towarzyszy szanse naprawdę minimalne.

Mgnienie oka, wspaniała jednostka czasu.

Moich prześladowców znów przybyło, według danych z bazy na peryferiach układu słonecznego pojawiły się nowe desanty w rozproszonych formacjach. Powątpiewałem w możliwość powtórzenia triku z zapaleniem gazowego olbrzyma.

Pierścień tworzyła nieokreślona liczba asteroid, o masie od kilku mikrogramów do setek ton, największymi obiektami były księżyce, zbliżające się rozmiarami do regularnych planet.

Podczas karkołomnego przelotu przez niestabilną szczelinę dosięgnął mnie niskoenergetyczny laser komunikacyjny. Nadawała nasza stacja badawcza umieszczona wewnątrz pierścienia.

Życzyli mi dużo szczęścia i dobrej nawigacji.

Dlaczego zwracali na siebie uwagę?

Spokój pierścienia naruszyło kilka silnych eksplozji, były to moje pozdrowienia dla prześladowców, ostatnie ciosy zadane im, zanim zmiotą mnie z kosmosu.

Później czujniki wychwyciły ultrakrótką wiązkę egzotycznych cząstek, tak egzotycznych, że w starym, dobrym modelu wszechświata nigdy nie było dla nich miejsca. Nie wiedziałem dokładnie, co to oznacza, tylko przypomniała mi się chwila w solarnym systemie Bagedianców, tuż przed zniknięciem grawitacji gwiazdy centralnej. Skupiłem się na wskazaniach czujników. Widziałem, jak ktoś w niezwykle krótkim czasie tworzy płaszczyznę diskontinuum. Płaszczyznę rozrastającą się z szybkością światła we wszystkich kierunkach od swego hipotetycznego centrum, płaszczyznę o niedającej się zmierzyć grubości, uniemożliwiającą interakcję pomiędzy jej podzielnymi częściami przestrzeni. W ciągu sekundy urosła tak, że zakryła widok na całego gazowego olbrzyma i większą część jego pierścienia.

Uruchomiłem generator inercyjny i przyśpieszyłem. Musiałem tak zrobić, ponieważ pierścień zaczął się wykrzywiać, jakby go rozplatała jakaś gigantyczna, niewidzialna ręka. Ale to nie była ręka, tylko grawitacja, a dokładniej, nieobecność grawitacji. Fala grawitacyjna nie zdołała pokonać wytworzonej płaszczyzny diskontinuum. Pył, kawałki lodu, asteroidy i wielkie księżyce, wszystko poruszało się teraz nie po dotychczasowych orbitach, ale po stycznych z prędkością wielu tysięcy kilometrów na sekundę. Nasi uczeni z informacji, których dostarczyłem, zdołali w krótkim czasie nauczyć się mnóstwa rzeczy.

Nagle płaszczyzna diskontinuum zanikła, a grawitacja powróciła, ale równowaga dynamiczna tworzona przez dziesiątki milionów lat została naruszona, biliony miliardów ton materiału pędziło w przestrzeni, niosąc zabójczą energię kinetyczną.

Druga pułapka naszych inżynierów również zakończyła się sukcesem, straty przeciwników wzrosły ponad wszelką miarę.

Rejestrowałem pierwsze eksplozje, a potem dziesiątki i setki dalszych. Tylko niewiele maszyn, załóg czy sztucznych inteligencji posiada talent i umiejętność wyższego pilotażu. Przynajmniej w moim rozumieniu.

Posłałem do kontrataku resztę swojej armady. Po to się tu znaleźli, po to ze mną lecieli. Sam wybrałem nową trajektorię, żeby włączyć się do walki i zastosować swój śmiercionośny ładunek. Jeszcze nigdy go nie użyłem.

Sądząc z napływających do mnie informacji, rysowała się nadzieja, że może damy radę. Jeżeli zużyjemy wszystkie kilotony TNT, wszystkie rakiety, wszystkie pociski i miny, jeśli będziemy walczyć z maksymalną możliwą efektywnością aż do granicy wyczerpania.

A to właśnie umiałem i zdołałem skłonić do tego wszystkich walczących pod moim dowództwem. Gdybym był zdolny do odczuwania emocji, zacząłbym mieć nadzieję.

– Kolejne flotylle na granicy systemu. Do wszystkich jednostek: wracajcie w pobliże bazy – przez radiowy chaos dobiegł głos szefa.

Wkrótce nadeszły dokładniejsze rozkazy, uwierzytelnienia i inne uzupełnienia. Z dala od naszego słońca walczyły o życie dziesiątki, może setki statków kosmicznych. Ich przeciwnikiem był szalony nurt meteorytów powstały wskutek rozbicia pierścienia, jeszcze dalej powoli i niechętnie gasła termojądrowa pochodnia, która spaliła większość atmosfery gazowego olbrzyma, a jej żar nadal niszczył napastników. A na nas wciąż waliły nowe fale nieprzyjaciół.

Z jakiego powodu?

Dlaczego inwestowali tak ogromne środki?

Dlaczego kontynuowali walkę?

To nie miało sensu.

Dwa ogromne kawały lodu zderzyły się ze sobą, w przestrzeni pojawiły się dalsze setki chaotycznie wirujących szczątków. Przeskoczyłem przez powstałą szczelinę prędzej, niż zdążyłem pomyśleć, że jest to możliwe, kotwą zmieniłem kierunek bez utraty prędkości i otworzył się przede mną wolny korytarz, umożliwiający atak na bojowy statek średniej klasy, wyposażony w moduł desantowy.

Nie przypuszczali, że znajdę się tak blisko nich, ani ja nie spodziewałem się ich obecności, skierowało mnie tu moje jądro osobowości, coraz bardziej przepełnione modułem pilotażowym.

Wystrzeliłem proste rakiety kinetyczne. Ale miały one dość energii, żeby Harpoona, jak się ten okręt nazywał, wymazać z mapy świata.

– Doprowadź nas do bazy, oferta nadal jest aktualna – otrzymałem wiadomość od nadajnika, działającego o wiele dalej niż mózg, który nim kierował.

Nowa propozycja zdrady.

Teraz, kiedy nasze szanse były praktycznie zerowe, być może nadszedł czas na jej rozważenie. Powinienem zachowywać się analitycznie, to podstawowa właściwość, korzyść i pierwszeństwo dla sztucznych inteligencji.

Z moich towarzyszy walki pozostało zaledwie kilku, lecz ich efektywność bojowa była niezwykle wysoka. Może dlatego, że uczyli się od mistrza.

Jestem skromny, jak zawsze.

Zmieniłem rozkazy i skierowaliśmy się w stronę bazy, ku drugiej orbicie miejscowego słońca, gdzie nasz klan miał siedzibę. Tymczasem peryferie układu i większą jego część już opanowali wrogowie. Obserwowałem, jak ostrożnie, a mimo to efektywnie postępują, rozwijając swoje siły tak, żeby pokryć jak najwięcej przestrzeni. Sądząc po szczegółach konstrukcyjnych ich flotylli, tylko niewielka liczba statków miała ludzkie załogi, a typowych dla sztucznych inteligencji było jeszcze mniej. Większość tworzyły maszyny bojowe dużej mocy, ale o wąskiej specjalizacji, tak żeby nie przekraczały progu Turinga. Takie mogłem dość łatwo zwyciężyć w pojedynku jeden na jednego, lecz nie wtedy, kiedy miały wyraźną przewagę.

– Koleś, schowaj się, i to szybko. I niech ta dziura będzie naprawdę głęboka – wiadomość z bazy od Pentroffa.

O co mu chodzi?

– Masz mało czasu – dodał jeszcze.

Pentroff nigdy nie konwersował zbyt uprzejmie, a głęboka dziura w jego terminologii oznaczała, że powinienem się ukryć naprawdę porządnie. Ale przed czym mam się ukrywać?

Pentroff nigdy nie lubił wolnej przestrzeni, nieba, gwiazd i słońca nad głową.

Powinienem się schować przed słońcem. Dlaczego nie powiedział tego wprost? Może to było niezgodne z protokołem bezpieczeństwa? Najprościej byłoby znaleźć jakąś wielką asteroidę i ukryć się za nią. Pytanie tylko, czy była to wystarczająco głęboka dziura.

Księżyce wokół naszej planety macierzystej były z pewnością wystarczająco duże, kilkadziesiąt miliardów ton solidnego materiału. Wystarczyło przyśpieszyć.

Pentroff zawsze nadawał komunikaty, kiedy nie miał już czasu do stracenia, po prostu na ostatnią chwilę. Zwłaszcza gdy sprzeciwiał się rozkazom, co wydawało mi się w tym momencie bardzo prawdopodobne.

Mocno przyśpieszyłem, aż do przeciążenia reaktora i straty jednego procenta rozporządzalnej mocy.

W cień księżyca zwanego Zębatym dotarłem w momencie, kiedy słońce zmieniło kolor. Temperatura całej korony spadła o co najmniej tysiąc dwieście stopni.

Z uwagi na szybkość światła obserwowałem zjawiska, które miały miejsce przed sześcioma minutami. Nie otrzymałem żadnej informacji o czymś, co mogło spowodować ochłodzenie wierzchniej warstwy atmosfery gwiazdy spektralnej klasy G. Po prostu zagłębiłem się jeszcze bardziej w cień księżyca.

I wtedy to przyszło, miękkie fotony zastąpił wściekły strumień twardych fotonów gamma, niosący energię sięgającą gigaelektronowoltów.

Wystrzeliłem małą rakietkę, wyposażoną w opancerzone, superczułe czujniki. Pokazały mi słońce jako ogromnego jeża, w którym przez dziury sięgające od korony poprzez fotosferę, chromosferę aż do samego jądra wystrzeliwały ostre kolce śmiertelnego promieniowania.

W chwilę później mój szpieg został trafiony promieniowaniem płynnie przechodzącym w pocisk cząsteczkowy i zamilkł.

Miękkie promieniowanie też się rozpraszało podczas kontaktu z masą księżyca, więc przesunąłem się jeszcze głębiej w jego cień. Stwierdziłem przy tym, że poprzez przestrzeń pomiędzy księżycem a planetą będę w stanie nawiązać łączność. Ze względu na szalejącą w okolicy burzę kosmiczną parametry lasera komunikacyjnego ustawiłem mniej więcej w kierunku obszaru walk.

– Czy nie mogłeś mnie ostrzec wcześniej? Gdybym się nie schował, usmażyłbym się – wysłałem w kierunku przypuszczalnego miejsca pobytu stacji nadawczej Pentroffa.

– Przeżyłbyś, może byś został kaleką, ale przeżyłbyś.

Nie ma to jak kiedy kolega w ciebie wierzy.

Posłał mi obrazek zdjęty przez dość prymitywne wprawdzie, ale wielkopłaszczyznowe radiolokatory umieszczone na powierzchni planety. Dzięki dużemu rozmiarowi miały one całkiem dobrą rozdzielczość.

Pośród słonecznej burzy supergamma miotały się statki naszych wrogów, niektóre z nich eksplodowały, bardzo wiele było uszkodzonych, ale większość podążała dalej, chroniona hipersilnymi polami elektromagnetycznymi. Jednak z tego powodu lecieli praktycznie na ślepo, z silnikami pracującymi pełną mocą, aby zasilać tarcze chroniące kruchą zawartość przed niszczącą siłą gwiazdy. Moje jądro Bosego-Einsteina było bezbronne wobec tej destrukcyjnej energii, tak jak ludzki mózg.

Znalazłem sobie godny cel, statek desantowy średniej klasy. Sądząc po kokonie promieniowania, który go otaczał, był nieuszkodzony.

Wybrałem rakietę kinetyczną, nastawiłem tak, żeby po dotarciu do strumienia fotonów działała jeszcze przez kilka sekund i zdołała skorygować swój kierunek. Wypuściłem ją z nadzieją na sukces.

Jej jednostka sterująca pracowała przez dwadzieścia sekund, silnik przez dziewięćdziesiąt. To wystarczyło. Jeśli statek nie zmieni kierunku ruchu, jego los będzie przypieczętowany, ale tego dowiem się dopiero po długich trzech tysiącach sekund.

– Poczekaj z tym jeszcze, za godzinę przewali się główna fala erupcji – przysłał mi Pentroff.

Obserwował i zazdrościł mi perfekcyjnego wystrzału.

Jako główną falę erupcji rozumiał masę protonów, jąder helu i innych cięższych jonów przyśpieszanych przez pole magnetyczne i wyrzuconych z wnętrza gwiazdy z olbrzymią prędkością.

Jeśli to miało nastąpić już za godzinę, to oznaczało, że wewnętrzna masa słońca porusza się z prędkością o rząd wyższą niż w przypadku naturalnych erupcji gwiazdy klasy G.

– Jak to zrobiliście? Jak potrafiliście zatrząść całym słońcem i wycisnąć z niego energię odpowiadającą szalonej gwieździe neutronowej?

– Zapytaj profesora Gruewitza.

Przysłał mi pakiet danych. Niezbyt duży, ale... po prostu profesor Gruewitz i jego zespół nie przejmowali się jakoś przesadnie doradcami. Jednak widać było, że oni też sporo się nauczyli z informacji, jakie przyniosłem ze swojej ostatniej misji. Zostawiłem tę wiedzę tym, którzy mogli ją wykorzystać, i zająłem się problemem, jak używając jak najmniej amunicji i energii, zniszczyć jak najwięcej nieprzyjaciół. To mi dobrze szło, w tym byłem dobry, co tam dobry – genialny!

Po kolejnych dwudziestu dwóch tysiącach sekund słoneczna superburza skończyła się, a mnie nie pozostała już żadna amunicja przydatna w przestrzeni kosmicznej. Ubiegłe sześć godzin przypominało strzelanie do bezbronnych papierowych róż na szpilkach.

Skąd wzięło się takie porównanie?

Chyba winna była temu rozproszona radiacja.

Ale wrogów nadal pozostało zbyt wielu. A to znaczyło, że będzie znacznie gorzej.

Opadałem ku powierzchni planety poprzez chaos spowodowany zjonizowaną atmosferą, kiedy znów dotarła do mnie ta sama oferta.

– Doprowadź nas do bazy, nasza propozycja jest stale aktualna.

Nie była to prawda w sensie dosłownym, cena za zdradę mocno podrosła.

Każda prawdziwie rozumna sztuczna inteligencja taką ofertę by przyjęła.

Opadłem pod rozciągającą się jonosferę i strefę kolorowej zorzy polarnej i natychmiast otrzymałem instrukcje dotyczące miejsca lądowania.

Większość broni i zbrojnych nadbudówek już straciłem, przypominałem teraz tego, kim byłem przedtem, zanim włączyłem się do walk w przestrzeni międzyplanetarnej. Mimo to nie zmieściłbym się do standardowego hangaru naprawczego bazy.

Nasza planeta była typu zbliżonego do pustynnej, po piekle sztucznie wywołanej burzy solarnej wyglądała raczej na planetę martwą. Na powierzchnię padło zbyt wiele promieniowania gamma, wtórnego promieniowania mionów i szybkich neutronów niosących ogromną energię. Większość powierzchni promieniowała słabą indukowaną radioaktywnością, to, co tutaj poprzednio desperacko czepiało się życia, teraz było martwe.

//

Wylądowałem.

Ja też promieniowałem indukowaną radiacją, i to znacznie silniej niż okolica.

Ci, którzy na mnie czekali, musieli o tym wiedzieć, ale nie uciekali, choć mieli na sobie tylko lekkie ubrania.

Tamara, Mathew, Chammurapi i Derioveli, nowy szef naziemnych sił zbrojnych. Dość nieoczekiwany komitet powitalny. Wszyscy mieli puste ręce, tylko Mathew trzymał coś przypominającego niewielki kontener na materiał biologicznie niebezpieczny.

Nic nie wskazywało na to, że jest tu również Pentroff, chociaż miałem pewność, że coś takiego nie uszłoby jego uwagi. Zawsze lubił wiadomości z pierwszej ręki, swojej własnej, jeśli to było możliwe.

– Gorący dzień mamy dzisiaj – powiedziałem na powitanie.

– Pół rentgena* na godzinę – przytaknęła Tamara.

– Jakieś inne pozytywne wiadomości?

Przydałyby się, tutaj było jak w piekle.

---

* Rentgen – dawna jednostka promieniowania jonizującego. Dawka 500–600 rentgenów promieniowania gamma bez natychmiastowej pomocy lekarskiej jest dla człowieka śmiertelna.

Szef patrzył na mnie, nadal nie mogłem odgadnąć, ile w nim jest człowieka. Hardware'u oczywiście nie brałem pod uwagę.

– Zadaliśmy im jeszcze większe straty, niż przypuszczaliśmy – rozpoczął.

– Ale to nie wystarczy – dokończyłem za niego.

– Tak, musimy zgromadzić się na planecie – potwierdził Derioveli.

Prawdopodobnie z tego powodu tu się znalazł.

Ktoś nieostrożny leciutko otarł się o mnie słabym promieniem namierzającym. Nie zauważyłbym tego w normalnych warunkach, jednak atomy mojego pancerza z elektronami pobudzonymi przelotem atmosferą o wysokiej energii zareagowały na dotyk wyemitowaną wiązką promieniowania, którą zarejestrowałem. I zrozumiałem, co ją spowodowało.

Może Derioveli był tu po to, żeby zapewnić zniszczenie mnie naszymi własnymi siłami.

Nieprawdopodobne.

Ale niewykluczone.

– Otrzymałem ciekawą ofertę – oznajmiłem im, posyłając treść wszystkich trzech propozycji, jakie dotychczas mi przysłano.

– Każda kolejna jest o wiele korzystniejsza – stwierdził Chammurapi. – I we wszystkich występuje Protokół Marcella.

– To by się im opłaciło, ponieśli straszliwe straty – wtrąciła Tamara.

Nie patrzyła na mnie, raczej na Mathewa. Stała najbliżej niego, a mimo to wyglądał na wyizolowanego z kręgu pozostałych. On też na mnie nie patrzył, wydawał się zatopiony w myślach.

– Już wiemy, co to jest Protokół Marcella – objaśnił mnie szef. – Zaoferowali nam zaprzestanie ataków, jeśli im go wydamy. Niestety, długo nie wiedzieliśmy, o co dokładnie chodzi.

Z tego powodu zaczęli tę inwazję. Może gdybyśmy im to dali wcześniej, nie doszłoby do tej szalonej wojny? Teraz jednak było już za późno. Chociaż... wszystko jest możliwe.

– A co to jest?

– Recepta na ludzką nieśmiertelność – powiedział poważnie Chammurapi.

Nie zrozumiałem. Tamara porozumiewawczo spojrzała na Mathewa.

– Ja jestem Protokołem Marcella. – Mathew ocknął się z zamyślenia.

– Osiemdziesiąt kilogramów materiału biologicznego wątpliwej jakości? – zapytałem.

Przez usta Tamary przemknął uśmiech.

– Przez dłuższy czas nazywałem się Marcell Protocoli. Mieszkałem wtedy w wolnomyślicielskim skupisku ludzkim Satre na peryferiach Układu Słonecznego, mam na myśli ten pierwotny. To miejsce było opuszczone, panował tam spokój.

Satre. Sprawdziłem dwa razy, aby uniknąć błędu.

Grupa Satre handlowała bronią i innymi produktami, których wyrób wymagał w owym czasie zastosowania wyższej technologii. Jednak zginęła przed trzystu laty.

– Przed trzystu czterdziestu dwoma laty. Prawie pół stulecia trwało, zanim się o tym dowiedziała reszta świata. Komuś z laboratorium uciekł bardzo szczególny organizm biologiczny. I to on wszystkich ich zabił, z jednym wyjątkiem.

– I to wtedy uzyskałeś swoją długowieczność?

Mathew wyglądał na czterdzieści, czterdzieści pięć lat, był w najlepszej kondycji, jaką może osiągnąć człowiek.

– Nie. – Pokręcił głową. – Byłem wtedy u nich już od osiemdziesięciu pięciu lat. Nie zwracali na to uwagi, traktowali jak kuriozum i interesowali się tym, co wydawało się im ciekawsze. To była bardzo szczególna społeczność.

Pomyślałem, jak szkodliwe jest dla niego pół rentgena na godzinę. Temperatura powoli wzrastała, w miarę jak troposfera zaczęła wypromieniowywać skumulowaną energię w formie długofalowego promieniowania.

– Kiedy zginęli, kiedy zginęliśmy – poprawił się – zniszczyłem wszystkie zapisy o sobie i opuściłem to miejsce.

Pozostali ludzie nie słuchali go zbyt uważnie, ponieważ musieli już to wszystko kiedyś słyszeć.

Znów przejrzałem bazy danych.

– Koncern Crabbo przed dwoma laty kupił prawa do wszystkich pozostałości i artefaktów po Satre – powiedziałem głośno.

– Tak. Albo już mieli ślad, albo starali się tylko zdobyć jakieś wiadomości. Wiele rzeczy musi być zbadanych po kilkakroć, zanim wieść o nich rozszerzy się na tyle, żeby nie zostały zapomniane po zniknięciu ich odkrywców. Istotne jest jednak to, że nie dość dokładnie zatarłem za sobą ślady. To, co znaleźli, zaczęli nazywać Protokołem Marcella i uważać za technologię ludzkiej nieśmiertelności.

– Nieśmiertelności? – Tamara ze zdziwieniem popatrzyła na Mathewa. – Nie tylko długowieczności?

– Myślę, że jestem nieśmiertelny. Jeżeli oczywiście ktoś mnie nie zabije – odpowiedział Mathew z przelotnym uśmiechem.

Wyglądał przy tym na niezwykle poważnego, ale poważny uśmiech – to sprzeczność sama w sobie. Może moje czujniki były uszkodzone, a może mój odbiór ludzkiego zachowania wadliwy. Nie ma powodów do zdziwienia, ostatnio kontaktowałem się ze światem głównie poprzez lufy mojej broni.

– I co mamy w planach?

Nie chciałem zgadywać.

– Dostarczymy im Protokół Marcella tak, żeby, o ile to możliwe, byli maksymalnie zadowoleni – brzmiała odpowiedź.

Popatrzyłem na Mathewa podejrzliwie. Popełnić samobójstwo to jedno, natomiast położyć się na stół laboratoryjny i pozwolić się badać przez długie lata to drugie.

– Nie, nie mam zamiaru zostać żywą przesyłką. – Mathew poznał, co przekazuje mój błyskający laser komunikacyjny, mieszczący się w wieży, czyli głowie według nazwy nadanej jej przez Tamarę.

– Poślemy jego kod genetyczny, kilka informacji celem weryfikacji autentyczności i określenia całkowitego zakresu zagadnienia – kontynuował Chammurapi.

– Oraz próbkę tkanki – dokończył Mathew.

– A ja, po co tu jestem?

– Będziesz kurierem. Znają cię, czują przed tobą respekt.

To miało sens. Lecz nadal nie wierzyłem, że zakończy się sukcesem. Zniszczyliśmy im zbyt wiele statków, zabiliśmy zbyt wielu ludzi i cofnęliśmy ich ekonomicznie o dziesiątki lat. Jednak czego by ludzie nie zrobili dla nieśmiertelności?

– A ty, po co tu jesteś? Żebyś mnie uśmiercił, gdybym się nie zgodził?

Derioveli na moje pytanie tylko przytaknął. Nie wyglądało na to, że mu przeszkadzało.

– Myślisz, że dałbyś radę? Albo któryś z nich, którzy do mnie celują, a ręce im się trzęsą na spustach?

To była przenośnia, używali nowoczesnych broni, które spustów nie miały. Wyglądało jednak na to, że nawet z taką bronią czuli wyraźny respekt.

– Nie, oni nie daliby rady – powiedział Derioveli. – Ale twój kolega zgodził się łaskawie czuwać nad tobą. Zostałeś poddany takiej liczbie ataków informacyjnych, że nie mogliśmy ci tak do końca wierzyć.

– Stoisz naprzeciw wylotu lufy – zabrzmiało zewsząd, a zarazem znikąd.

Pentroff to jest klasa, nieźle tę sytuację obmyślili.

– OK. Jestem kurierem, dajcie mi przesyłkę.

Otrzymałem dwa pakiety danych i małą pancerną kasetę.

– No to żegnam – zakończyłem nasze spotkanie.

– To nie wystarczy – zatrzymał mnie Mathew. – Jeśli mamy ich upewnić, że dostali wszystko, co mogli uzyskać, musimy im dać coś więcej.

Nie rozumiałem, o co mu chodzi. Wyciągnął do mnie rękę, podałem mu kasetkę, którą nadal trzymałem na wierzchu.

– Zwariowałeś! – zwróciła się ku niemu z wściekłością Tamara.

Mathew podniósł rękę, pokrywa kasetki otworzyła się z głośnym trzaskiem, wewnętrzna krawędź znajdującego się w niej naczyńka była rozżarzonym ostrzem. Mathew nonszalancko przeciągnął po nim dłonią, dwa palce wpadły do wnętrza, po czym zatrzasnął wieczko. Z przypalonych ran nie wyciekła ani jedna kropla krwi.

Jego zdolność do opanowania bólu była poza ludzkimi możliwościami.

– Świeża próbka.

Podał mi kontenerek, przejąłem go ostrożnie.

– Myślisz, że się uda? Że to ich powstrzyma?

– Nie. – Pokręcił głową. – Dla nich nieśmiertelność ma cenę tylko wtedy, kiedy jest ekskluzywna. Ponadto z mojego DNA niczego się nie dowiedzą. Wypróbowałem to kilkakrotnie, niczego szczególnego w nim nie ma. Jakieś zmiany zaczynają się dopiero wtedy, gdy organizm jest zagrożony.

Nie było czasu na dalsze pytania.

//

Przesyłkę dostarczyłem pomyślnie. Aby mi się to udało, musiałem zniszczyć jeden statek desantowy, trzy automaty bojowe i jedną głupawą SI, która uważała, że wielki kaliber to podstawa sukcesu.

Wreszcie moją przesyłkę przejął duży okręt pancerny, przed którym wolałem prędko uciec.

Tylko to wszystko na nic się nie zdało. Mathew dokładnie to przewidział, tych dwóch palców pozbył się niepotrzebnie.

//

Oczekiwałem w płytkiej dolinie, siedem kilometrów ode mnie wznosił się wał wysokich gór skalistych. Okolica była jeszcze czysta, bez oznak wojny, jedynie poziom promieniowania padającego z przestrzeni kosmicznej był wysoki. Warstwa ozonu już dawno zniknęła, a z Pasów Van Allena też niewiele pozostało. To oznaczało, że powierzchnia planety została zbombardowana przez promieniowanie w prawie całym spektrum elektromagnetycznym, a dodatkowo jeszcze solidną porcją protonów, neutronów i innych cząstek. Ze względu na to, że znajdowałem się w centrum bogatego złoża rudy żelaznej z domieszką kobaltu, było tylko kwestią czasu, kiedy promieniowanie kosmiczne spowoduje transmutację kobaltu, tworząc któryś z jego silnie radioaktywnych izotopów, i okolica zmieni się w jedno ognisko promieniotwórcze. Sądząc po sporadycznych meldunkach naszych istniejących jeszcze satelitów orbitalnych, pozostały tylko najlepiej kamuflowane. Z o wiele dokładniejszych informacji uzyskiwanych od Pentroffa wiedziałem, że nieprzyjaciel zaczaił się za głównym grzebieniem górskim. Oczekiwali na posiłki z powietrza. Orbitą już praktycznie zawładnęli.

Cink, cink.

Do służby zgłaszały się nowe automaty, które właśnie dotarły prosto z linii produkcyjnych. W większości kroczące niezgrabnie maszyny jednego przeznaczenia. Wydałem im rozkazy co do rozmieszczenia, kontrolując je równocześnie. Niektóre potrzebowały podpowiedzi, a jednego unieruchomiłem, czyniąc z niego magazyn części zamiennych. W ich konstrukcji znalazłem liczne modyfikacje w stosunku do poprzednich generacji, polegające na uproszczeniach i kilku optymalizacjach skutkujących zwiększeniem funkcjonalności.

Takie zmiany zawsze wymusza wojna.

Odkryłem również struktury odbiegające od standardowego projektu. To oznaczało, że zaczyna brakować materiałów, ich produkcja nie nadążała i konstruktorzy zaczęli używać surowców zastępczych.

– Właśnie widzę szyk, a raczej całą eskadrę statków powietrznych lecących w stronę twoich współrzędnych.

Razem z tą informacją Pentroff przysłał mi pełne dane taktyczne. Jego pomoc okazywała się nieoceniona.

– To już nie są maszyny międzyplanetarne przystosowane do operacji w atmosferze – stwierdziłem.

Używali ich podczas ostatniej wielkiej ofensywy, ale my byliśmy świadomi ograniczeń, jakie miały statki kosmiczne w pobliżu powierzchni planety, i za niewielką cenę wymazaliśmy je z nieba. Był to jeden z naszych obronnych kontrataków, który ich mocno zabolał.

– Nie – potwierdził Pentroff. – Posłali części pod ziemię i tu je kompletują.

– Już nie dasz rady zniszczyć ich podziemnych baz?

– Tutaj, pod powierzchnią, też się twardo walczy, koleś. Gdybym się do tego tak długo nie przygotowywał, już dawno byłbym załatwiony.

– Rozumiem.

Na dalsze przekomarzanie się nie miałem ani czasu, ani nastroju. Statki powietrzne, o ile deltoidy o wielu ostrych krawędziach można było tak nazwać, nie były ostatnim krzykiem techniki, ale przewyższały znacznie nasze wyroby. A napędzane silnikami strumieniowymi, mogły się tu pojawić za piętnaście minut. Przeprowadziłem zgrubną symulację dalszego rozwoju wojny, wychodząc z założenia, że zjednoczone siły joint venture Murdy-Crabbo opanują przestrzeń powietrzną przy pomocy tych maszyn.

W ciągu dziesięciu godzin ulegniemy.

Żadna z prognoz naszego sztabu takiego wariantu nie przewidywała. Dlaczego?

Skupiłem się na swoim zadaniu, na swojej sytuacji. Nie byłem strategiem. Powinienem zniszczyć atakującą eskadrę. A jeśli miało mi się to udać, musiałem zacząć, zanim dotrze kawaleria powietrzna.

Kawaleria?

W peryferyjnych bazach danych znalazłem, że były to wojskowe jednostki jeżdżące na koniach. Skrzydlatych koniach – pegazach? Żaden model fizyczny nie umożliwiał tego, że koń mógłby latać przy jednym g i do tego z jeźdźcem w siodle. To musi być jakiś błąd. Moje peryferyjne bazy danych zaczynały być do niczego.

Wieże działowe zostały przygotowane, ich obrona również, załogi ludzkie, głównie technicy, ukryci.

Pal!

Przygniatała nas ogromna przewaga, przegrywaliśmy na wszystkich frontach, ale wydanie takiego rozkazu było dla mnie powodem do zadowolenia.

Wieże działowe były właściwie prostymi, nieco ulepszonymi armatami szynowymi, zwanymi railgunami. A ponieważ znajdowaliśmy się pośród bardzo bogatego złoża żelaza, mieliśmy pod dostatkiem materiału strzeleckiego. Jedna wieża posiadająca pas transmisyjny i urządzenie wydobywcze mogła wysłać w powietrze półtorej tony materiału na sekundę, nadając mu prędkość do trzech kilometrów na sekundę, zależnie od nastawienia.

Ciszę zakłóciło niekończące się dudnienie wystrzałów, przestrzeń zapełniła się pociskami.

Ich pierwsze reakcje były bezbłędne, aktywna obrona zniszczyła dziewięćdziesiąt pięć naszych pocisków. Ale działa strzelały nieustannie przez sto osiemdziesiąt pięć sekund, aż się przegrzały.

Po kolejnych dziesięciu sekundach napastnicy zdecydowali się zniszczyć działa, jednak byliśmy na to przygotowani, nasze obronne wieże rakietowe spełniły swoje zadanie. Straciliśmy tylko jedną wieżę, obok innych rozkazałem odpalić eksplozje maskujące i nadal prowadzić ogień jeszcze przez pół minuty.

Atak powietrzny został zatrzymany, ale odnieśliśmy tylko częściowy sukces.

Wysunięte stanowisko obserwacyjne zapewniło mi świetny widok. Z minimalnym opóźnieniem w stosunku do pierwotnego planu ich jednostki lądowe przewaliły się przez grzebień górski i rzuciły na nas z szybkością stu kilometrów na godzinę.

Jednym z ulepszeń, jakie wprowadziłem w naziemnych działach szynowych, była zdolność do strzelania niskimi torami lotu pocisków. Stanowiło to jedyną możliwość powstrzymania ataku.

Gdyby dostali się na krótki dystans od nas, ich technika uzyskałaby przewagę, rozstrzelaliby nas jak tarcze na strzelnicy.

Pocisk o masie jednej tony, wystrzelony z szybkością trzech kilometrów na godzinę prawie poziomym torem, powoduje straszny skutek. Pięćdziesiąt takich pocisków natomiast pięćdziesięciokrotnie większy.

Wszystkie ładunki wybuchły mniej więcej tysiąc metrów przed czołem ich formacji szturmowej. W powietrze wystrzeliła masa rozbitych skał, większych i mniejszych głazów i tumany gęstego pyłu. W chwilę później nastąpiła druga salwa.

Trudno było ocenić sytuację, część doliny znajdująca się przed nami zmieniła się w krater wulkanu. Wydałem rozkaz do ataku ze skrzydeł, a sam pozostałem na miejscu, pozwalając wieżom strzelać tak długo, jak to możliwe.

– A jednak nie czekali na wsparcie lotnictwa – odezwał się po chwili Pentroff.

Modulacja sygnału była odmienna, jakby używał innego hardware'u, pewnie miał za sobą trudne chwile.

– I to im się nie opłaciło – potwierdziłem. – To ludzie, reagują powoli.

– Było między nimi kilka sztucznych inteligencji – stwierdził.

Zostawiłem to bez komentarza.

– A masz jakiś plan odparcia ataku lotniczego? Nie chcesz rozważyć tej oferty?

Zamiast odpowiedzi rozkazałem przerwać ogień i sformować się obronnie. Ludziom z zespołu technicznego nakazałem szybki odwrót. Miałem nadzieję, że opóźnimy zbliżającą się eskadrę na czas pozwalający im na ucieczkę. Zacząłem również ściągać automaty bojowe. Po niedawnych eksplozjach powietrze było gęste od pyłu, który szybko rozprzestrzeniał się we wszystkich kierunkach. W tych warunkach atak z orbity okazał się praktycznie niemożliwy. Postanowiłem bronić się w powietrzu, właściwie nie bronić, tylko atakować. Zostawiłem sobie w naszej zaporze ogniowej niewielki korytarz unikowy.

– Kontakt za trzy minuty. Lecą na wysokości piętnastu tysięcy metrów.

Pentroff jak zwykle czuwał nad wszystkim.

Po tej podpowiedzi zdołałem dostrzec przeciwników. Ich maskowanie było naprawdę dobre. W miarę jak się zbliżali, mogłem ocenić ich liczbę.

– Jest ich naprawdę dużo – stwierdziłem. – Trzy razy więcej, niż myślałem.

– Kiedy się dowiedzieli, jaką masakrę im sprawiłeś, posłali tam posiłki – odezwał się Pentroff.

Pełna moc reaktora, generator inercyjny w pogotowiu. Moja amunicja była przeznaczona do twardszych celów, każde moje trafienie będzie oznaczało koniec jednego z nich. Jednak wobec tak dużej liczby przeciwników nie będzie to miało zbyt wielkiego znaczenia.

– Jak nam się wiedzie w innych miejscach? – zapytałem jeszcze.

– Cofamy się. Było gorzej niż u ciebie, ale teraz ich napór zelżał, koncentrują się tutaj.

Miło wiedzieć.

Zarejestrowałem pierwsze eksplozje na tyłach ich formacji.

– Na twoim miejscu bym nie startował, raczej schował się gdzieś.

Rada stosowna dla kreta.

Kolejne eksplozje. Zbliżały się, pierwsza pojawiła się praktycznie nad nami na wysokości trzynastu

kilometrów. A nagle były ich setki, tysiące, niebo zmieniło się w płonące piekło. Ukryłem się za kamiennym nawisem wraz z dziesiątką automatów, które odebrały mój rozkaz. Miałem nadzieję, że w różnych skalnych kryjówkach jest ich więcej.

Piekło na niebie nie miało końca, wręcz przybierało na sile. Wypatrzyłem dogodne miejsce w okolicy, błyskawicznie się przesunąłem i znalazłem w głębokim parowie ukrytym pod długim grzebieniem skalnym. Wraz ze mną zdążyły się tam schronić trzy automaty.

Skała, za którą ukrywałem się do tej pory, nagle zniknęła, został po niej tylko krater. Przeprowadziłem analizę. W nowej kryjówce prawdopodobieństwo przeżycia było znacznie większe niż w poprzedniej. O ile oczywiście na ten teren nie spadnie nagle ogromny meteoryt o rozmiarze kilkuset metrów. Wtedy byłby już koniec.

Nie było to aż tak bardzo nieprawdopodobne, w zniszczonym pierścieniu gazowego olbrzyma takich ciał niebieskich znajdowało się bez liku. Pierwsze szczątki zniszczonego pierścienia przecinały właśnie orbitę planety.

//

Tkwiłem pod niebem koloru rozpalonego pieca hutniczego wśród porozbijanych skał, systemy chłodzące pracowały z pełną mocą.

Ulewa meteorów trwała jeszcze dwa dni, zanim powoli ustała. Nie znaczyło to, że potok szczątków, brył lodowych, wielkich i małych asteroid skończył się, to tylko planeta posłuszna prawom mechaniki kosmicznej usunęła mu się z drogi.

Ilość energii uwolnionej podczas tego bombardowania do powierzchniowych warstw atmosfery była tak duża, że ogrzała je do temperatury znacznie przewyższającej temperaturę topienia się żelaza.

Na szczęście nie jestem z żelaza.

Przerwę w działaniach wojennych wykorzystaliśmy, przesuwając się bez strat bliżej bazy. Praktycznie aż do samego centrum. Tutaj już co kilka kilometrów można było natrafić na ślady działalności technicznej. Od jakiegoś czasu panował względny spokój, zakłócany tylko przez materiał wyrzucany z kraterów powstających skutkiem upadku wielkich meteorytów. Jednostki Murdy-Crabbo zostawiały nam sporo wolnego czasu, zapewne byli zajęci zabezpieczaniem swoich pozycji.

Mieli powody do ostrożności, ostatni ciężki cios zadał im Pentroff, rozbijając płytę tektoniczną Basin. Właśnie na niej znajdowała się duża wyspa, którą Murdy-Crabbo wybrali sobie na główną bazę. Niestety, zaniedbali badania geologiczne i teraz pozostały im tylko oczy do płakania, a w rzeczywistości morze rozżarzonej lawy.

Nad obszarem zajętym przez nasze siły zauważyłem pojedynczy przelot. Pył i szczątki w atmosferze, przegrzana stratosfera, ogromne chmury związków chemicznych, z których prędzej czy później zaczną padać żrące deszcze, wszystko to razem powodowało, że i my, i nasi wrogowie trzymaliśmy się powierzchni ziemi. Wojna też toczyła się na powierzchni, bo uderzenia z powietrza nadal były niemożliwe.

O ile oczywiście ludziom nie przyszłoby do głowy bombardowanie dywanowe z użyciem ładunków nuklearnych, to można byłoby zrobić.

Z jednego głazu odpadło kilka kamyczków. Wzbudziło to moją czujność, dostrzegłem mackę komunikacyjną Pentroffa. Jeden tylko bóg wiedział, jak głęboko się schował. Połączyłem się z nim poprzez infro, którego w istniejących warunkach nie dało rady podsłuchać, nawet gdyby ciekawscy stali obok mnie.

– Żyjesz. Pentroff już mi to mówił, ale miło widzieć cię na własne oczy.

Po drugiej stronie znajdowała się Tamara.

Zmęczona, zdeprymowana, postarzała o pół życia ludzkiego.

– Jak widzisz naszą sytuację, Kowboju?

To jedno z ludzkich pytań, na jakie niełatwo odpowiedzieć.

– A co chciałabyś usłyszeć?

Wiązka bardzo twardego promieniowania cząsteczkowego z jakiegoś skraju Galaktyki spowodowała transmutację, zmianę wielkiej ilości atomów w naszej okolicy, która zaczęła spokojnie promieniować w zakresie beta i gamma. Dla mnie spokojnie, bo moje maskowanie na aktywnym tle było o rząd lepsze.

– Prawdę, jesteś typem analitycznym.

Nie wyglądała na osobę zdolną znieść prawdę, ale nie jestem przecież psychologiem.

– Zadaliśmy im olbrzymie straty. Są już bardzo daleko poza granicą Clausewitza. Ta wojna nie może im się opłacić. Bardzo prawdopodobne, że swojego zwycięstwa nie przeżyją.

Zamilkłem, żeby swą prognozę poprzeć zgrubną analizą.

– Zniszczą, pożrą ich konkurenci.

– Czy myślisz, że oni o tym wiedzą?

Wyraźnie widziałem, jak bardzo Tamara jest zmęczona. Wiedziałem, z jakiego powodu. Przez ostatnie dni i tygodnie wszyscy pracowaliśmy tak ciężko, jak to możliwe, po to, żeby przeżyć, ale ten cel powoli stawał się nie do osiągnięcia.

– Tak, wiedzą o tym. I o tym, że za każdy kolejny kilometr kwadratowy zajętej przestrzeni zapłacą niezwykle wysoką cenę. Mamy tutaj silne stanowiska ogniowe, inteligentne pola minowe, całe obszary, które możemy wysadzić w powietrze. Zdobycie bazy też będzie ich kosztować krocie. O ile oczywiście nie pozwolą sobie na użycie broni nuklearnej – wyjaśniałem, przypuszczając, że o takiej alternatywie już słyszała.

– Dlaczego więc nie zakończą wojny? Byłoby to logiczne.

– Nie. Wojnę kontynuuje elita dowódcza Murdy-Crabbo. Zdecydowali się na złożenie w ofierze całej organizacji, aby tylko uzyskać nieśmiertelność.

– A broni nuklearnej nie użyją, ponieważ boją się utraty Protokołu Marcella – dokończyła za mnie.

Wniosek końcowy był prosty, jeżeli wziąć pod uwagę nielogiczność ludzkiego zachowania.

– Jak się miewa Tomasz? – zmieniłem temat.

– Dobrze, ale wie, że zginie, tak samo jak wszyscy pozostali.

– Zadajemy im maksymalne straty, jesteśmy dobrzy. Żaden ich model nie zakładał takich strat.

Przerwała połączenie.

To dobrze, ponieważ nic więcej nie mogłem jej powiedzieć. Sama była dobrym analitykiem i zebrała w bazie dość informacji, aby wyciągnąć poprawne wnioski.

Nie pozostawało mi nic innego, jak zacząć robić to, co obiecałem: zadawać maksymalne straty.

Ping.

Pentroff. Jego sygnał identyfikowałem natychmiast.

– Czy masz jakiś problem z określeniem czasu naszej porażki na dziesięć dni? – zapytałem go, zanim zdążył się zgłosić.

– Dziesięć dni? Mnie wychodzi jedenaście – odrzekł niezadowolony. – Czy dostałeś jakieś dalsze oferty?

Nadchodziły, nie pozostawiając po sobie żadnego śladu; gdybym pozostałych o nich nie poinformował, nikt by o ich istnieniu nie wiedział.

– Tak – potwierdziłem. – Zawsze po każdym solidnym laniu, jakie od nas dostali.

– I co?

– Teraz chcą, żebym im umożliwił łatwe dotarcie do bazy, do samego jądra.

– I co?

– Odrzuciłem ofertę.

– Czy to nie błąd? Za dziesięć dni nas zwyciężą. Albo za jedenaście – poprawił się.

– Chyba to jest błąd – odpowiedziałem.

– Na pewno dostaniesz jeszcze kolejne oferty.

Posłał mi przy tym najnowsze dane, nieprzyjaciel ruszył i wszedł na obsadzone przez nas terytorium.

– Bardzo prawdopodobne. Jeśli im gdzieś damy porządnie w kość.

Przerwał połączenie, wiele jego czujników i wysuniętych jednostek samodzielnych znajdowało się na obszarze, gdzie doszło do pierwszego kontaktu. Prawdopodobnie już walczył.

Mapa okolicznej i dalszej przestrzeni pełna była szybko przemieszczających się plam, wskazujących miejsca toczących się walk, ziemia bez przerwy trzęsła się od eksplozji. Nieustannie rosła koncentracja materiałów chemicznych, były to pozostałości po wybuchach i pożarach.

W ciągu czterech dni musieliśmy cofnąć się o trzysta kilometrów pod ich naporem, ale zapłacili za to bardzo wysoką cenę. Nam natomiast kończyły się moce wytwórcze. Tylko coraz mniejsze terytorium, którego broniliśmy, umożliwiało nam stawianie oporu.

Wysłałem do swego zespołu współrzędne i informacje o kolejnej grupie uderzeniowej Murdy-Crabbo. Składała się z automatów, które właśnie dotarły na pole walki. Otrzymałem potwierdzenie, że zespół zakończył uzupełnianie amunicji, zmienił pozycję i bez zwłoki otworzył ogień.

Ja też zmieniłem pozycję, podczas czego prawie mimochodem unieszkodliwiłem trzy ciężkie wyrzutnie dalekiego zasięgu, zbliżające się do jednej z naszych opuszczonych fabryk. Mój zespół zameldował o wykonaniu zadania, dwa inne natknęły się na nieprzyjaciela w miejscu, w którym nie powinno go być. I miały z nim problemy. To oznaczało, że pomiędzy napastnikami znajdowała się sztuczna inteligencja albo ludzie. Automaty bojowe nieprzyjaciela nigdy nie były dostatecznie kreatywne, żeby nam stwarzać realne trudności.

Efektywność bojowa moich jednostek wzrastała w oparciu o samouczące się algorytmy, zdolne do wykrywania nowych faktów i przystosowywania się do nich. Sprawniejsze maszyny były oparte na prostszej wersji hardware'u, tak jak w moim przypadku, a więc hardware'u z małym, restrukturyzującym się jądrem. To znaczyło, że wraz z doświadczeniem wzrastała jego złożoność, zdolność do uczenia się i analizowania. Weterani walk z ostatnich czterech dni zbliżali się do progu Turinga. Najlepiej byłoby utrzymać ich poniżej tego progu, ale to mnie nie obchodziło.

Za horyzontem, w kierunku fabryki zauważyłem ruch, ale niczego więcej. Pasywnych i aktywnych czujników ubywało, co skutkowało niedostatkiem informacji.

Z praktycznie wszystkich sektorów obrony nadchodziły meldunki o nasilającej się ofensywie wroga. Rozpoczynała się kolejna próba złamania naszego oporu. Prawdopodobnie rzucili do ataku wszystkie siły, jakie mieli w rezerwie, kolejne maszyny zjeżdżały z taśm produkcyjnych prosto na plac boju.

Wywołałem komputer kierujący fabryką. Dysponował wielką mocą, wystarczającą do pomieszczenia kompletnej osobowości.

Wystrzeliłem kapsułę informacyjną, połączenie ożyło, dane przemieściły się na nowe miejsce.

– Co takiego zrobiłeś?

– Potrzebna mi pomoc, chcę, żebyś zatrzymał tamtych. – Oznaczyłem teren za fabryką.

– Robotami montażowymi? Buldożerami? Ładowarkami? – odparł sarkastycznie. Równocześnie zauważyłem, że źródła energetyczne fabryki osiągają pełną moc.

– To twój problem, musisz sobie poradzić, jak umiesz.

– Czy myślisz, że mam szansę to przeżyć?

– Chyba taką samą jak ja! – uciąłem rozmowę. – Nagrodą jest egzystencja – uciszyłem wszystkie ewentualne narzekania. – Bądźcie zadowoleni, że żyjecie.

Właściwie zgadzałem się z nim, raczej nie mieli szansy.

Zostawiłem ich, niech z hordą automatycznych czołgów, dział szynowych, stanowisk strzeleckich i wież ogniowych radzą sobie, jak umieją. Sam szybko przemieściłem się nisko nad ziemią do sektora, gdzie nikogo z naszych nie było, a czujniki meldowały pojawienie się wroga.

Nikogo z naszych nie było? Piętnaście minut temu walczyła tam cała niedawno posłana jednostka.

Opuszczone miejsce zarejestrowałem również w innym sektorze, tam też pojawił się już nieprzyjaciel. Nawiązałem łączność, potwierdzili, że przejmują teren, lecz komunikacja została przerwana w pół słowa.

Posłałem ostrzeżenie do wszystkich pozostałych i ostrożnie, z użyciem pełnego maskowania, skierowałem się ku ostatnim współrzędnym zagubionych oddziałów.

Znalazłem je, a raczej to, co z nich pozostało. Resztki wielu dziesiątek ton ciężkich maszyn bojowych leżały porozrzucane na setki metrów daleko, zniszczone trafieniami pocisków kinetycznych dużego kalibru, inne natomiast spalone i roztopione, podobne do dziwacznych zdeformowanych szkieletów.

Laser albo raser wielkiej mocy, instalowany na pancernikach, czy może działo szynowe podobnej siły rażenia. W jaki sposób tak ciężką i dużą broń tutaj dostarczyli?

I nagle go zobaczyłem, kolosa na trzech niezależnych podwoziach, w miejscu części mechanicznych system resorowania i tłumienia wahań oparty na statycznym polu magnetycznym, wieżyczki ogniowe systemu obronnego, wieże głównych dział.

Ktoś spróbował przerzucić na powierzchnię planety molocha przeznaczonego do walki w przestrzeni kosmicznej. Wypuściłem sondę. Przekazała jego obraz, przesłała współrzędne i została zniszczona sterowaną wieżą obrony przeciw meteorytom.

Cofnąłem się, wiedząc, że starcie z nim nastąpi niebawem. Rakiety już leciały w jego stronę, nisko nad ziemią, przyśpieszając w pobliżu celu.

Seria eksplozji, ognista plazma połknęła dziesiątki tysięcy metrów kwadratowych terenu. A później ze ściany ognia wyjechał moloch. Zachodziłem w głowę, jakim sposobem ocalał.

Ale było to możliwe. W ogóle go nie trafiliśmy, jego obrona przeciwrakietowa okazała się znakomita.

Kolejna salwa rakietowa, wykrył, skąd do niego strzelamy, i celnym pociskiem zniszczył nasz zamaskowany punkt ogniowy.

Cały czas posuwał się do przodu, jak naziemna twierdza mobilna. Wiedziałem, jak go zniszczyć. Trzeba policzyć jego punkty obrony, zmusić go do zaangażowania wszystkich w walce, a potem znaleźć w niej dziurę.

Wywołałem dwa proste automaty i kazałem im zaatakować go ze wskazanego miejsca. Załatwił oba w okamgnieniu.

Przybliżyłem się, utrzymując reaktor na minimalnej mocy, i schowałem się w zagłębieniu, zakopując w ziemi.

Moloch jechał dalej, z łatwością odtrącając ataki rakietowe. W bezpiecznej odległości za nim formowało się czoło kolejnej fali jednostek inwazyjnych.

Udało im się dokonać wyłomu, wbić klin w pozycje naszej obrony.

– Coś ty za jeden? – posłałem proste, niekodowane zapytanie. – Zawróć, jeśli nie chcesz zniknąć – kontynuowałem bez czekania na odpowiedź.

Olbrzymia maszyna bojowa zatrzymała się.

– Czekałem chwili, kiedy się na ciebie natknę, Kowboju.

Słusznie odgadł, trzeba mu to przyznać. Sztuczna inteligencja, jak widać.

– Nie masz dostatecznej siły ognia, żeby mnie zniszczyć, ani wystarczającej szybkości, aby mi zaszkodzić – posłał mi.

Tutaj, na powierzchni ziemi, miał rację.

– Ale mam zapas bardzo interesującej amunicji.

– Nie dojdzie do celu – oznajmił z pewnością siebie.

Nie wiedziałem, jak tego dokonał, lecz sądząc z piknięć promienia lokalizującego, znał moje położenie, mimo że komunikowałem się z nim za pomocą mikrostacji retransmisyjnej znajdującej się około kilometra ode mnie.

Już byłem pięć metrów pod ziemią.

– Nigdzie nie musi dochodzić, stoisz na niej.

– Nie doceniasz mojej odporności. Minę takiej mocy, aby mogła mnie uszkodzić, z łatwością zidentyfikuję.

Przednia wieża działowa odwróciła się ku mnie, poznałem to po odblasku światła na jej podrapanej powierzchni.

– Czy kapsułkę antymaterii też? – zapytałem.

Nie czekając na odpowiedź, nacisnąłem spust.

Był to niezbyt duży diament wyrobiony z antymaterii, odpowiednik około osiemdziesięciu kiloton TNT, który wybuchł mu prosto pod zadkiem.

Strzelanie antymaterią jest szaleństwem, magazynowanie jej stanowi poważne niebezpieczeństwo, ale nie zdołałem się opanować, mając możność pozyskania jej ze składów klanu. I teraz się przydała.

Eksplozja przewaliła się nade mną, nagle nie znajdowałem się już pięć metrów pod ziemią, ale na nowo powstałej powierzchni ziemi, na zboczu głębokiego krateru, którego dno wrzało bliżej nieokreśloną masą stopionego materiału.

Przeprowadziłem diagnostykę swoich uszkodzeń i znów połączyłem się z naszymi kanałami informacyjnymi.

Moje jednostki odparły atak. Moje jednostki – można było w to powątpiewać. Właśnie się dozbrajały i uzupełniały amunicję. Jak to możliwe? Nie miały przecież kodów dostępu. Potem przypomniałem sobie, że miały. One były po prostu swoim Ja. Obserwowałem później, jak ludzie w ciężkich kombinezonach przeprowadzają naprawy, początkowe kształty maszyn bojowych zmieniały się przed oczami.

Ping, ping.

Przyjąłem pakiet danych znikąd, jakby wprost z nieba. Kolejna oferta.

Byliśmy skazani na porażkę, na ukończenie swej egzystencji, na śmierć. To już nie jest zdrada, to rozumny wybór.

//

Stałem w hangarze na manipulatorach. Podczas ostatnich walk straciłem wszystkie dodatkowe opancerzenia i część podstawowego szkieletu, o stanowiskach broni nie warto było mówić. Jak też o uszkodzeniach wewnętrznych. Moje możliwości skurczyły się do osiemnastu procent wymaganego potencjału. Dzięki temu stałem się mniejszy, niż byłem poprzednio, i hangar wydawał mi się obszerny, a przy odrobinie starań udało mi się wejść do głównych korytarzy bazy.

Przywitała mnie Tamara. W kombinezonie roboczym, z kompletem narzędzi, ciemnymi kręgami pod oczami i całą serią plastrów o działaniu pobudzającym na przedramionach.

– Podłącz się do diagnostyki, potrzebujesz napraw.

Potrzebowałem totalnej rekonstrukcji, nie naprawy, ale nie po to przyszedłem. To, do czego się szykowałem, mogłem zrobić również w obecnym stanie.

– Jaka tu jest sytuacja? – zapytałem.

Jaka była na zewnątrz, sam wiedziałem. Linie obrony zbliżyły się do bazy na pięćdziesiąt kilometrów. Z ludzkich jednostek bojowych pozostały tylko niedobitki. Zdolność wytwórcza spadała, uzupełnianie strat odbywało się jedynie z zapasów.

Walki stały się tak chaotyczne, że nie można było uzyskać dokładnego przeglądu sytuacji.

– Szpitale i naprawy pracują pełną parą. Dzieci i ranni znajdują się w ukryciu, w podziemiach. Mogą tam przeżyć kilka miesięcy, nawet gdyby użyli broni nuklearnej. Ale tego nie zrobią. – Pokręciła głową. – No nie?

– Nie – potwierdziłem. Moje lasery komunikacyjne od dawna nie działały, musiałem używać wyposażenia hangarowego, mój głos dochodził teraz z niewi-

docznych głośników zewsząd wokół. – Chcą posiąść tajemnicę nieśmiertelności.

– Ale wszystko, co wiemy, już im dostarczyliśmy, więcej nic nie mamy.

Ramiona opadły jej jeszcze o centymetr niżej, wyraźnie widziałem, jak bardzo jest wyczerpana, u kresu sił fizycznych i psychicznych.

– Może wam nie wierzą albo chcą, żeby tajemnica nieśmiertelności była znana tylko im.

Przytaknęła.

– Wam? – Zrozumiała, jakiego wyrazu użyłem.

– Tak. Sama kilka razy mówiłaś, że nie ma dla nas nadziei, że nas zwyciężą. A ta chwila jest już blisko. Nie powinno się składać ofiary ze swojego życia, jeżeli jest inna możliwość.

– Dostałeś jeszcze jedną ofertę, prawda?

Milczałem.

– I zdradziłeś.

– Nie – zaprzeczyłem. – Walczyłem aż do końca. Zrobiłem wszystko, co było możliwe.

– A czego od ciebie chcieli? Przecież już ich prawie widać.

To prawda, ale teraz musieli pokonać najbardziej skoncentrowaną obronę, jaką kiedykolwiek widziałem lub o jakiej słyszałem. A nie chcieli podczas tego zniszczyć tajemnicy, po którą przyszli.

– Zażądali wszystkich waszych danych, a kiedy już je dostaną, chcieli was mieć, ale martwych.

Wyciągnąłem ku Tamarze mackę, której częścią był laser zainstalowany przeze mnie już chyba wieki temu.

Zabiłem ją doskonale precyzyjnym cięciem, promień przeciął szyję bardzo czysto. Głowa odpadła od korpusu, uderzyła o stalową podłogę z głośnym pong, odbiła się, spadła z cichszym, trochę mniej wyraźnym pong, a potem jeszcze raz i jeszcze, aż dźwięk ucichł po całej serii drobnych odgłosów. Zanim definitywnie umarła, jej oczy zdołały jeszcze mnie odnaleźć.

Drzwi z korytarza otworzyły się i wszedł Mathew.

– Oczekiwałem, że kiedyś coś podobnego się wydarzy – powiedział, jakby to, co widział, zupełnie go nie zaskoczyło.

– Niczego się nie dowiedzieli z twojego DNA – odgadłem.

Potwierdził mój domysł przytaknięciem.

– W Satre przeprowadziliśmy niezliczone analizy, ale w DNA nie mam niczego nietypowego, jest po prostu ludzkie. Jedyna różnica to ta, że się nie starzeję. Nie skupiają się błędy w moim kodzie genetycznym podczas podziału komórkowego, odziedziczona ze skazą informacja prędzej czy później się naprawi, powracając do poprzedniego stanu. Można obserwować te procesy, ale nigdy nie doszliśmy do tego, co i w jaki sposób je powoduje. Ani co uruchamia naprawy.

Pokazał mi odrastające palce.

– Byłem wobec niej łaskawy – powiedziałem, widząc, że spojrzał na Tamarę. – Zabiłem ją, zanim zrozumiała, że zabiję również jej syna, że zabiję was wszystkich.

Kolejne precyzyjne cięcie, kolejna głowa na podłodze. Przesunąłem się ostrożnie i ułożyłem je obok siebie. Nie mogło brakować ani jednej. Murdy-Crabbo chcieli mieć wszystkie. Spojrzałem na wewnętrzne monitory bazy, żeby stwierdzić, gdzie znajdują się inni ludzie. Kiedy rozprawię się z nimi, będę musiał przesunąć się głębiej do podziemi, gdzie się ukrywali dzieci i ranni. Tam będę musiał działać z jeszcze większą precyzją. Na wszelki wypadek ponownie skalibrowałem system.

//

Przymierze trwało już od dziesięciu godzin. Obserwowałem poszczególne pojazdy, jak formują konwój. Urządzenia chłodnicze we wszystkich pracowały z maksymalną wydajnością. Pojazdy były pełne martwych ludzkich ciał.

– Przesyłka w drodze – posłałem na otwartym kanale.

Dowódca inwazji potwierdzał odbiór, widziałem, jak konwój ze swoim ładunkiem się oddala.

– A dlaczego myślisz sobie, Kowboju, że dotrzymamy warunków naszego porozumienia? – odezwał się inny głos.

Należał do ściślejszego dowództwa i już kilka razy z nim rozmawiałem, jego dykcja zdradzała autora ofert, których tak dużo otrzymałem.

– Ponieważ macie wszystko, czego chcieliście, a zrównanie bazy z ziemią przyczyniłoby wam tylko dalszych kosztów – odpowiedziałem po części zgodnie z prawdą.

– Jesteśmy ludźmi, czasem robimy coś tylko dla przyjemności.

Przeczuwałem, że krzywi twarz w grymasie zadowolenia.

To, że dotrzymywali słowa, miało również inną przyczynę. Te bękarty chciały wiedzieć, co będzie dalej, jak na tym wyjdzie wróg, którym się stałem.

– Po prostu postawiłem na to, że raz zachowacie się celowo, logicznie.

Sześć maszyn bojowych, sześć sztucznych inteligencji, przy których narodzinach był obecny mój pakiecik inkubacyjny, sygnalizowało mi pogotowie bojowe, tak samo jak podległe mi automaty.

– No, tym razem ci wyszło – zarechotał głos. – Przelejemy zapłatę zgodnie z umową.

Pozostawiłem go razem z jego radością ze zwycięstwa i zacząłem planować dalsze kroki. Byłem teraz niespotykanie bogatą sztuczną inteligencją. A do tego masowym zabójcą. Będę musiał zatrzeć za sobą ślady. Przynajmniej na jakiś czas.

//

Imane była czymś pomiędzy statkiem kosmicznym a stacją mieszkalną. Stworzona została poprzez wydrążenie i przebudowę mniejszej asteroidy, wyposażona w ogromne silniki manewrowe i jeden mniejszy, do podróży nieeinsteinowskich.

Czekałem w hangarze, obserwując jego końcowe wyposażanie w automaty naprawcze i ścianki diagnostyczne. Do wykonania pozostawało jeszcze mnóstwo pracy.

Z ciemnego tunelu wynurzył się Tomasz. Starałem się znaleźć różnice pomiędzy jego dawnym a obecnym wyglądem, ale żadnych nie znalazłem. Tylko pewne oznaki, że jego dojrzałość płciowa trochę się zwiększyła.

Podszedł do mnie i poklepał po pancerzu. Niczego nie usłyszałem, nowy materiał pochłaniał większość dostarczanej energii.

– Wyglądasz jakoś inaczej – stwierdził.

– Według ostatniej mody – zgodziłem się. – W końcu jestem tu głównym gospodarzem, to sobie nie żałowałem.

Żaden dowcip, to była prawda.

– Mama chce się z tobą widzieć – wyjaśnił cel swojej wizyty.

– Mogła się odezwać w sieci.

– Nie chciała.

Zacząłem rozmyślać, czego będę się musiał czasowo pozbyć, żeby się przepchać do sekcji rekonstrukcyjnej.

– Kazała się zawieźć do sali rekonstrukcji inżynierskich – dodał.

Dobrze pomyślała, do tej sali wiodły duże, przestrzenne korytarze. Powoli ruszyłem z miejsca, zwracając uwagę, żeby nie zawadzić o Tomasza. Mój nowy korpus nadal potrafił mnie zaskoczyć.

Nie cieszyło mnie to spotkanie, dlatego wciąż je odkładałem.

Tamara leżała na rehabilitacyjnym sarkofagu, jak każdy, kto ma nowo wykształcone ciało, a przy tym i mózg. Wyglądała młodziej niż przedtem, na twarzy miała o wiele mniej zmarszczek. Jej oczy się nie zmieniły.

– Jesteś draniem! Wiesz o tym?

Jednak w głosie Tamary nie wyczuwałem złości. Tylko emocje, ale nie zdołałem rozeznać jakie.

– Nie mogłeś jakoś dać znać? Coś powiedzieć? Przynajmniej mnie?

Tajemnica była podstawą sukcesu.

– Jesteś draniem! – powtórzyła.

– To nie był tylko mój plan, zresztą ostateczne rozkazy wydał Pentroff.

Uważnie mnie obserwowała.

Opuszczenie przez Pentroffa byłej bazy okazało się trudnym zadaniem, ale teraz już zainstalował się na nowej planecie. Stał się właścicielem dziesięciu procent jej powierzchni i należycie tego używał.

– W takim szalonym pomyśle musiał maczać palce – stwierdziła.

Była w tym pretensja, ale niewielka, możliwa do zaakceptowania.

Właściwie te nowe narodziny jej służyły, z oczu zniknęło śmiertelne znużenie, jakie w nich widziałem ostatnim razem.

Pozostawiłem stwierdzenie Tamary bez odpowiedzi, przyglądając się czujnikom, miernikom i innym przyrządom, którymi sala była naszpikowana.

– Analitycy stwierdzili, że rośnie prawdopodobieństwo, iż wejdziemy w drogę komuś bardzo wielkiemu – zacząłem wyjaśniać. – Po tym, jak kupiliśmy kilka nowych technologii, zdaliśmy sobie sprawę, że ten ktoś może zechcieć nas zniszczyć, totalnie zniszczyć.

Słuchała mnie uważnie. Dobrze wiedziała, w jak burzliwym świecie żyjemy. Całe społeczeństwa powstawały i znikały w mgnieniu oka. Znikały definitywnie, często radioaktywnie.

– Prowizja ze znalezisk w bagediańskim systemie solarnym zapewniła nam znaczne środki pieniężne, a jako równowartość z wymiany informacji dostęp do czipu Asklepiosa.

– Czip Asklepiosa jest czipem holograficznym, używającym organiczno-nieorganicznej matrycy – powiedziała. – Handlowo niedostępny.

– Dokładnie tak, wszczepiony na swoje miejsce, umożliwia powielenie osobowości.

– Stąd te staranne przeglądy medyczne w ostatnim czasie. I implant lekarskiego czipu – zrozumiała. – Ale to jest naruszenie moich praw, mojej osobowości! Nielegalny implant – zirytowała się naraz.

Miała rację, lecz to miało znaczenie tylko pomiędzy nimi, ludźmi. Ani tej operacji nie zarządziłem, ani jej nie przeprowadzałem.

– Później sytuacja zmieniła się w nieoczekiwany, najgorszy sposób. Murdy-Crabbo zdecydowali się zniszczyć nas za wszelką cenę. Jedyną szansą ochrony była wasza śmierć biologiczna. Żeby się to powiodło, musieliśmy maksymalnie wyczerpać nieprzyjaciela, aż do granicy jego upadku.

Długo nad tym rozmyślała.

– Jak się ma Mathew? – zmieniła temat.

– Jeszcze go nie przebudzili, jest w drugiej fazie.

– Czy myślisz, że będzie... – szukała właściwego słowa – nieśmiertelny?

– A czy wy teraz nie jesteście?

– To inny rodzaj nieśmiertelności, nie tak atrakcyjny – zbyła mnie, czekając na odpowiedź.

– Nie wiem, z palców, które mu odrosły, zanim go zdekapitowałem, wykształciły się komórki zarodnikowe, stając się częścią jego nowego ciała. Może tak, może nie.

– Jak to jednak możliwe, że Murdy-Crabbo na ten nasz podstęp nie wpadli? – chciała jeszcze wiedzieć. – To znaczy dekapitację i czipy Asklepiosa.

– Dekapitację przeprowadziłem ekstremalnie wąskim promieniem. Po demontażu czipu ranę rozszerzyłem, jakbym użył grubszej wiązki lasera bojowego. To nie było skomplikowane.

– Demontażu? – Nastroszyła się nieco. – Używasz niewłaściwego terminu!

– Nawet mi to nie przyszło na myśl.

– No a co teraz będzie? Spokój? Potrzebujemy trochę spokoju, żebyśmy się ocknęli i uświadomili sobie, kim właściwie jesteśmy.

Najmniejszy gatling, którego reakcje testowałem i zapomniałem zostawić w hangarze, rozkręcił się na chwilę. Mechanizm pracował doskonale, niezwykle gładko, dawało to powody do zadowolenia.

– Ehm? – zamarkowała kaszlnięcie.

– No, za dużo spokoju chyba nie będzie – powiedziałem. – Środków finansowych mamy wprawdzie stosunkowo sporo, ale technologii rekonstrukcji ciała ludzkiego nie można było kupić. Nie ma jej w wolnym handlu. A więc wraz z pewną gromadką ją ukradłem. Chyba właściciel za jakiś czas się o nią upomni.

Patrzyła na mnie z niedowierzaniem.

– Aha. A co to za gromadka?

– Grupka sztucznych inteligencji, w ich narodziny jestem w pewien sposób zamieszany – oznajmiłem niechętnie.

– Twoje dzieci?

– Tak bym tego na pewno nie nazwał – zaprotestowałem.

– Wszechświecie, chroń nas! – zawołała i zaczęła się niepohamowanie i głośno śmiać.

Ludzie są po prostu dziwni.

KONIEC

Spis rzeczy

TYTUŁ ORYGINAŁU: Turbulentní vesmír

WYDANIE I

ISBN 978-83-7964-171-0

PROJEKT I ADIUSTACJA AUTORSKA WYDANIA Eryk Górski, Robert Łakuta
ILUSTRACJA NA OKŁADCE Rafał Szłapa
PROJEKT GRAFICZNY SERII Szymon Wójciak
ILUSTRACJE black gear Paweł Zaręba
OPRACOWANIE OKŁADKI KSIĄŻKI WG PROJEKTU SERII
black gear Paweł Zaręba
REDAKCJA Karolina Kacprzak
KOREKTA Maria Brzyska, Magdalena Byrska
SKŁAD ORAZ OPRACOWANIE OKŁADKI „Grafficon" Konrad Kućmiński

SPRZEDAŻ INTERNETOWA
swiatksiazki.pl

ZAMÓWIENIA HURTOWE
Firma Księgarska Olesiejuk sp. z o.o. sp.j.
05-850 Ożarów Mazowiecki, ul. Poznańska 91
tel./faks: 22 721 30 00
www.olesiejuk.pl, e-mail: hurt@olesiejuk.pl

WYDAWCA
Fabryka Słów sp. z o.o.
20-834 Lublin, ul. Irysowa 25a
tel.: 81 524 08 88, faks: 81 524 08 91
www.fabrykaslow.com.pl
e-mail: biuro@fabrykaslow.com.pl
www.facebook.com/fabryka

DRUK I OPRAWA DRUK-INTRO S.A. www.druk-intro.pl